恋活《こいかつ》！

目次

恋活《こいかつ》！　～こいびとかつどう～

「松沢茜《まつざわあかね》さん。アンタは今年中、災難が続くであろう」

金曜日の夜。友人からの食事の誘いを断り、仕事を終わらせた私は占いの館《やかた》をハシゴしていた。この水晶《すいしょう》占いの館で、すでに五軒目だ。そして今、先の四軒と同様に、最悪な占い結果を突きつけられている。

室内は薄暗く、明かりはろうそく一本の光のみ。

天井から幾重《いくえ》にも垂れ下げられた真っ黒なサテン地のカーテンのせいで、怪しい雰囲気に満《み》ちている。

部屋の内装もさることながら、一番不気味なのは、この占いの館の主人であるお婆様《ばば》だ。

彼女は黒地のロングドレスを身に纏《まと》い、口元をベールで隠している。むき出しの目はギロリとしていて、見つめられるだけで、思わず後ずさりたくなってしまう。

お婆様は、十分ほど前、恐る恐る入室した私に椅子に座れと言うと、仰々《ぎょうぎょう》しく水晶に手をかざして覗き込んだ。

その姿勢のまま、鋭い視線を水晶に向けること数秒。お婆様は大きく息をつき、先程の最悪な未来を予言したのだ。

今は十一月初旬。今年中ということは、あと二か月は災難が続く計算だ。

そう思い、私ががっくりと項垂《うなだ》れていると、お婆様は小馬鹿にするようにフンと鼻で笑った。

ギリギリと歯ぎしりをしたいところだが、グッと我慢して頬をピクピクと引き攣《つ》らせるにとどめる。

「えっと……それは、本当のことでしょうか？」

「ああ、間違いない」

何度も言わせるな、と言わんばかりの口調に、私の頬はますます痙攣《けいれん》した。

こんなの嘘に決まっている。そう思いたいのだが、今の私は、そんなごまかしがきかない状況に置かれていた。


松沢茜、二十九歳。

短大卒業後、老舗《しにせ》お菓子メーカーである株式会社オリーブ・ベリーに入社し、経理部に配属になってから……うん年経つ。

身長は百六十七センチもあるので、女性にしては長身の方だろう。

よくスレンダーだと評されるが、要するに凹凸《おうとつ》がない身体ということだ。

少しでも女らしく見せるために、黒い髪を背中の長さまで伸ばしているものの……その効果は、いかほどのものか。

サバサバした気性と荒っぽい口調のせいで、同僚や後輩から姉御《あねご》と呼ばれ続けてきた私には、実は秘密の乙女趣味がある。それが占いだ。

と言っても、自分でタロットカードや水晶《すいしょう》を使い占うわけではない。評判の占い師をハシゴしたり、占いの書籍を買って運勢をチェックしたりする程度だ。

そんな私はこのところ、悩みを抱えている。

あれは、今週の月曜日の朝。私は日課となっている占いのチェックのため、テレビの電源を入れ、情報番組にチャンネルを合わせた。

いつもなら当たり障《さわ》りのない運勢が出るのだが、その日に限っては『当分いいことはなさそう。じっとこらえて』などと、やけに深刻なメッセージを告げられたのだ。朝一番から不吉な結果を聞き、身震いがした。

嫌な予感を覚えて、通勤途中でファッション雑誌を購入し、掲載《けいさい》されている占いを見ると、『思いもよらぬ災難があなたを襲《おそ》うかも。気をつけて』との警告。

そのときは、占いなんて当たるも八卦《はっけ》当たらぬも八卦と言うじゃないかと、自分を慰《なぐさ》めた。

だが、それからというもの、不幸な出来事ばかりが続いているのである。

まずは、この人だけは共に最後まで独身を謳歌《おうか》するであろうと思っていた親友の南涼花《みなみすずか》が、電撃結婚を決めたこと。

最後の砦《とりで》だと思っていたのに裏切り者！　と電話越しに叫んだのは、同じ月曜日の夜のことだった。私の友人はこれですべて既婚者《きこんしゃ》となり、私だけが独身という、なんとも空《むな》しい状況に追い込まれた。

そして火曜日の朝。

私はふんわりと揺れる、膝丈《ひざたけ》のフレアースカートを穿《は》き、ウキウキ気分で出社した。

カツカツとヒールの音を立て、廊下を颯爽《さっそう》と歩くカッコいい女を気取っていたはずなのに……鞄《かばん》を持ち直した拍子《ひょうし》にスカートが巻き込まれ、大きく捲《めく》れてしまったのだ。

慌てて手で押さえたが、時すでに遅し。数秒は下着丸見え状態だっただろう。

誰もいないことを祈って辺りを見回したところ、後ろに同期の梅田《うめだ》が立っていた。

梅田は私の顔を見るとプッと噴《ふ》き出して、「朝からご馳走様《ちそうさま》、松沢」と慰めるでもなく去った。

その瞬間、梅田に殺意を覚えたのは、無理のないことだと思う。

さらに水曜日の就業中。

後輩女子が切り忘れた売上伝票の件で、なぜか私が怒鳴られた。

だが、後輩に仕事を教えたのは私だ。その彼女がミスをしたのなら、教育係の私が怒られるのは仕方がない。

そう考えて、黙って怒られていた私だが、当の後輩は事情がわかっていなかったのか、自分の席で恐々《こわごわ》と様子を窺《うかが》っていた。しかし途中で自分が原因だと理解したらしい。怒鳴り散らしていた上司に彼女が慌てて謝ると、上司は途端に猫なで声を出したのだ。

「いいんだよ、ミスは誰にでもあるからね」と言って、彼はスタスタと立ち去った。

ちょっと待って、私に謝罪のひとつもないのか。そう叫びたくなったのは、言うまでもない。

極めつけは木曜日の帰宅中。

工事現場の近くを歩いていたら、突然空からペンキが落ちてきた。私の身体にはペンキがつかずに済んだが、お気に入りのワンピースにはベットリと赤いペンキがついてしまった。

工事現場のおじちゃんたちが「クリーニングに出す」と言ってくれたけれど、汚れた範囲が広すぎて、まず元通りにはならないだろう。「なら、弁償する！」と言われたが、それは遠慮した。

何せ友人の手作りワンピースで、ふたつとない代物《しろもの》。どこを探したって手に入るわけがないし、値段のつけようもないからだ。

そして金曜日の今日。

仕事をなんとか定時に終わらせ、私はこうして占い巡りをしている。

当たると評判の大御所《おおごしょ》から、聞いたことがない占い師まで、総勢四名に占ってもらったのだが、返ってくる言葉はすべて同じで『災難は回避できない』だった。

これが最後と決めて飛び込んだ水晶《すいしょう》占いでも、結果は先程の通り惨敗《ざんぱい》。がっくりと肩を落とす私の前で、お婆《ばば》様は突然「ん？」と声を上げた。

どうしたのかと様子を窺《うかが》っていると、お婆様は再び水晶を覗き込み始める。そして興味深そうに深く頷《うなず》いたあと、私に顔を向けた。

「……ひとつ聞くが」

「はい？」

「アンタ、男と長続きしないだろう？」

「っ！」

なぜお婆様がそれを知っているんだ。驚愕《きょうがく》の表情を浮かべる私を、お婆様はフンと鼻で笑った。

「だろうと思ったよ。水晶にも、しっかりそう出ておる」

「……」

水晶、恐るべし。私は何も映っていない水晶玉をジッと見つめた。

お婆様が言う通り、私は男と長く関係が続いた試しがない。このちょっと雑な性格が災いして、いつの間にか女として見てもらえなくなってしまうのだ。

学生の頃は友達付き合いの延長みたいな交際をしていた。けれど社会人になって以来、いい雰囲気にはなるが、付き合う前に「何かが違う」と言われて交際に発展しない。たとえ友達以上恋人未満の関係になっても、相手が男友達と一緒にいる感覚になるのか、そのまま友達に戻ってしまうのだ。

そんな私でも二年前までは恋人がいたが、結局うまくいかず、破局を迎えたのだ。

それからは恋をすることを諦《あきら》めてしまい、彼氏を作らなくなった。

男枯れしている現実に危機を感じてはいるのだ。現に、友人たちの結婚報告に焦《あせ》る気持ちもある。しかし、私がいくら焦っても、世の男性は『松沢茜』が女性であると認識してくれない。こうなるともう……仕方がないと思うしかないだろう。

あとは、この世界のどこかに物好きがいることを祈るばかりだ。

がっくりと項垂《うなだ》れる私に、お婆様《ばば》は怪しげな声で笑い出した。

「災難を回避するための秘策はある」

「ほ、本当ですか！」

そんなものがあるなら早く言ってよ。人をこんなに落胆《らくたん》させるとは、なんて人が悪いお婆様なんだ。

嬉々《きき》としてお婆様を見つめる私を見て、彼女は笑うのをやめ、大きくため息をついた。

「他のお嬢《じょう》さんなら、こんなのすぐに解決できる。しかし、アンタじゃねぇ」

「どういうことですか、それ」

カチンときて眉を寄せる私を見たあと、お婆様はもう一度水晶《すいしょう》に手をかざす。

「災難を回避したければ、男を作るんだね」

「男？」

「そう。必ず作ること。そうしないと……」

「そうしないと？」

ゴクンと唾を呑み込む。ギュッと握り締めていた拳《こぶし》は、嫌な汗でベットリしていた。

前屈《まえかが》みになる私に、お婆様はニヤリと意味深に笑う。

「これ以上は言わないでおく」

「ど、どうしてですか⁉」

私が立ち上がって抗議すると、お婆様はシッシッと手で追い払う仕草《しぐさ》をした。

「さぁ、お客さんがお帰りだよ」

「ちょ、ちょっと！　肝心《かんじん》な内容を聞けていないし……」

「ちょうど、占い時間が終わったからねえ」

「いや、ありえないでしょう！　気になることを言っておいて、これで終わり？」

しかし私の叫びなど無視して、お婆様は部屋から出ようとする。止めようとしたが、すぐ近くにいた助手たちに羽交《はが》い締《じ》めにされてしまった。

それに抵抗しながら、「教えてください！」と叫ぶけれど、お婆様はケケケッと不気味に笑うだけだ。

「あとは、アンタが持っている運に賭《か》けるしかないだろうねぇ」

「運って！」

「掴《つか》んだら離すんじゃないよ。名前のイニシャルがAの男だ。間違えないことだね」

意味がわからない。しかしそれ以上、お婆様からの返答はなく、私は助手たちに館から摘《つ》まみ出された。

私を外に追い出すと、助手の一人が閉店のプレートを扉にぶら下げ、内側から鍵《かぎ》をかけてしまった。

ドンドンと扉を叩いても大声で叫んでも、何もアクションが返ってこない。

「肝心の男を作るためのアドバイスはないの？　男を作らないと私、どうなっちゃうの？」

大きな占いの館を前に、私はただ途方《とほう》に暮れるのだった。

＊　＊　＊　＊

ここは会社近くにある居酒屋『紗《さ》わ田《だ》』。酒の種類も多く、そして何より肴《さかな》がおいしいと評判のお店だ。

よく会社の同僚たちと仕事終わりに訪れているが、こうして会社がお休みである土曜日に来たのは初めてだった。

いつもは、客の大半がスーツ姿のサラリーマン。だけど、今日はラフな格好をした人の方が多い。

そんな『紗わ田』の、少し奥まった座敷《ざしき》席で、私は神妙《しんみょう》な顔をして頭を下げていた。

「頼む。一生のお願い。年内いっぱい、私の彼氏役をしてほしい」

「は……？」

何を言われたか理解できなかったのか、目の前の男はぽかんとする。そして次の瞬間――彼は、勢いよくビールを噴《ふ》き出した。

「本当にもう、汚いなぁ」

私は、まだゲホゲホとむせている男を放置して、お手拭《てふ》きでテーブルを拭く。

「ダスターいりますか？」という店員の声に、大丈夫と手を振る。

その間にやっと落ち着いた男――梅田は、真剣な顔をして呟《つぶや》いた。

「お前、それ……本気で言っているのか？」

「本気だよ。じゃなければ、わざわざ休日に梅田をこんなところに呼び出さないって」

「だろうけど……マジかよ」

ため息まじりに言ったあと、梅田は天井を仰《あお》いだまま動かない。

梅田晃《あきら》、三十一歳。私と同期入社で、老舗《しにせ》お菓子メーカー、株式会社オリーブ・ベリーの営業一課の課長様だ。

同期といっても、私は短大卒業後に入社したから、大卒の梅田とは二つ歳が違う。だけど、敬語を使わず好きにさせてもらっている。

同期の出世頭である梅田は、女子社員の人気が高い。

爽《さわ》やかな出で立ちで、仕事ができる優しい男。これだけ揃えば、向かうところ敵なし！　と言いたいところだが、そんなことはなかったようだ。

彼には、社内に片思いの女の子がいたという噂《うわさ》がある。

その想い人にアプローチもできないまま、彼女は社外の男とめでたく結婚したらしい。この件について本人に直接聞いたわけではないから、本当なのか嘘なのかはわからない。

ただ、梅田ならどんな女でも靡《なび》くと思っていたため、噂を聞いたときはかなり驚いたものだ。

「お前なら、すぐ男ができるだろう？」

「できないし、女扱いされない」

断言する私に、梅田は「ああ……」となぜか納得した表情で、再び天井を仰ぐ。

それって何気にバカにしていませんかね、梅田くん。

なんだか悔《くや》しくて、呷《あお》るようにビールを飲んでいると、梅田は私にチラリと視線を送ってきた。

「それにしても突然呼び出しておいて、あれはないだろう」

「そんなこと言ったって、梅田しか思いつかなかったの」

言い切る私に、梅田は大きくフゥと息を吐き出した。

同期の中でも梅田とは特に仲が良い。そのきっかけとなったのは、新入社員オリエンテーリングだ。

オリーブ・ベリーでは、新入社員オリエンテーリングは必ず山登りと決まっている。忍耐力と団結力、そして達成感を味わうために実施《じっし》するらしい。

その山登りの班分けで、私と梅田、そして数人のメンバーが一緒になった。

しかし、私以外の班員はすべて大学卒業組で二つ年上。同じ新入社員とはいえ、どう接すればいいのか迷っていたときに声をかけてくれたのが、梅田だった。

「なんだ、もしかして俺より二つも年下なのか!? よし、それなら君に、俺の背中を押す係を任命する。おじさんは体力がないから、なんとしても俺を頂上まで連れて行ってくれたまえ」

彼がそんな冗談を言うと、一気に場の雰囲気が明るくなり、私は班に溶け込むことができたのだ。

実際には、私が梅田に引っ張ってもらって頂上にたどり着いたという少しだけ情けないエピソード付きだが、あの頃から彼は優しかった。

そのオリエンテーリング以降、仕事帰りに同期たちと飲みに行くことが、まままある。

特にこの二年間は、私も梅田も恋人がいなかったため、彼とは頻繁《ひんぱん》に顔を合わせていた。

しかし、こうして会社がない日に彼と二人きりで飲むなんて、初めてのことだ。

本当なら月曜日まで待って、今回の件を梅田に相談するのが一番良かったのかもしれない。だけど土曜、日曜を心穏《おだ》やかに過ごす自信がなく、待てなかったのだ。

もしグズグズしていたら、また新たな不運が起きるのではないかと思うと、いても立ってもいられなかった。

月曜から今日まで、一日一回は何かしら良からぬことが起こってきた。認めたくはないが、占い師たちの言葉は当たっている。

こうなったら、水晶《すいしょう》占いのお婆《ばば》様が言っていた『災難を回避したければ、男を作るんだね』という言葉に縋《すが》るしかない。

となれば、すぐさま彼氏を作るべきである。しかし、残念ながら適当な相手がいない。そもそも、そんな心当たりがいれば、とっくに男枯れの状況から抜け出していただろう。

それでも諦めきれず、周りにシングルの人間はいないか考えたとき、まっ先に頭に浮かんだのは梅田だった。

彼には今、彼女はいないはず。だから彼氏役を頼めるだろうと思いついた。

それで休日の今日、この居酒屋『紗わ田』に有無を言わせず梅田を呼び出し、頼み込んだのだ。

「一体なんなんだよ、年内いっぱいの彼氏役って……」

ようやく落ち着いてきた梅田が、眉根を寄せて問いかける。

「あ、彼氏というか、恋人活動って感じかな。略して恋活《こいかつ》！　とにかく恋人のふりをしてほしい。

徹底的《てっていてき》にさ」

いわゆる世間一般でいう『恋活』は、恋愛活動の略語だ。恋愛をするために、恋人を作る活動をいうらしい。

しかし、私の場合は違う。私にとっての『恋活』とは、恋人のように振る舞う活動をして、神様の目をごまかすこと。うん、我ながらいいネーミングだ。

とはいえ、確かに突拍子《とっぴょうし》もない話だったかもしれない。今さらだが少し反省し、身体を縮《ちぢ》こまらせる。

梅田はおしぼりで口元を拭《ふ》くと、コホンと小さく咳払いをした。

「その前に、どうして松沢が男を作らなければならなくなったのか。理由を話せ」

「端折《はしょ》っていい？」

「ダメ。しっかり隅《すみ》から隅まで話せ」

仕方がない。梅田に力添《ちからぞ》えしてもらわねば、自分の身が危《あや》ういのだ。

私は、この一週間の出来事と、占い師たちの言葉をすべて話した。

最初は真剣に聞いていた梅田だったが、占い巡りをした日に話が及ぶと、おかしくて耐えられないといった様子でクスクスと笑い出した。

「なんだよ、そんな占いを気にしているのか？」

「だって、どこの占い師も同じことを言うんだよ？　怖くない？　やばくない？」

「偶然だって、考えすぎ」

カラカラと笑って枝豆に手を伸ばそうとする梅田の手を、ペチンと叩く。

「痛いなぁ。叩くことないだろう」

「痛くない、優しく叩いたし。そうじゃなくて。本当に助けてもらいたいの。真剣なのよ、こっちは」

しっかり話を聞いてよ、と最後は泣き真似《まね》までしてみたが、目の前の男は落ちなかった。

私みたいな、イマイチいけていない女の泣き落としなんかに引っかかるような相手ではないようだ。

口を尖《とが》らせて拗《す》ねる私に、梅田はニヤニヤと意地悪く笑った。

「確かに災難続きだよな。パンツまでさらけ出していたしな」

「うるさいよ、梅田。エッチ、スケベ」

「無理やり見せておいて、よく言うぜ」

忘れたい過去を思い出させた上に笑うなど、男の風上にも置けない。

惨《みじ》めさと怒りに身体を震わせていると、店員が「お待たせいたしました」と声をかけ、注文した料理をテーブルに置いていく。

怒り狂っていた私だが、食べ物を前にすると機嫌が直ってしまう。

「ほら、食え」

梅田は湯気《ゆげ》が立ち上《のぼ》る焼き鳥を一本摘《つ》まんで、私に差し出した。私はその串を受け取り、ほおばる。じわりと口の中に広がる肉汁《にくじゅう》と、タレとのハーモニーが絶妙だ。

「うまいだろう」

「うまいよ、うまいけどさ」

モグモグと焼き鳥を食べる私に、梅田は優しく目を細めた。全く、笑顔の大安売りだわ。特に意味がない笑みだとわかっていても、至近距離でカッコいい男が自分に向かってほほ笑んでいるかと思うと、顔が熱くなる。

私は恥ずかしさをごまかすように、無言で焼き鳥を味わい続けた。

「うまいもん食って、酒飲んで忘れろ。来週にはケロッとしているから」

「むー」

梅田のその言葉に縋《すが》りたいし、そうであってほしい。だけど、本当に来週には平常運転になるのだろうか。

私は眉間に皺《しわ》を寄せて考え込み、ビールが入ったグラスをギュッと握り締める。

すると梅田は、自分が持っていたグラスを、乾杯《かんぱい》するみたいに私のグラスに当てた。

「大丈夫、そんなの当たらないから」

「……うん」

「心配していると、余計に気になっちまうもんなんだよ。気にするな」

「うん、そうだよね」

そうだよ、と笑って梅田は私のグラスにビールを注《つ》いだ。シュワシュワと泡が弾《はじ》ける音を聞いていたら、本当に大丈夫な気がしてきた。

私って結構単純で、おめでたいヤツなのかもしれない。

「今まで悪いことばっかり起きたんだし、もうこれ以上はないよね！」

「その意気だ。大丈夫だから。ほら、飲め松沢」

梅田に大丈夫だと言われたら、それで解決した気になった。

彼の言う通り、迷信だよ。占いなんて、そんなに当たるものじゃないしね。

ただ、この五日間、不幸が続いただけ。来週になれば、厄《やく》が落ちて平穏《へいおん》な日々が来るはずだ。

「よーし、飲むぞぉ！　梅田も付き合え」

「もう付き合ってるって」

苦笑するカッコいい男を眺めながら、私はビールを飲み干した。

＊＊＊＊

「松沢は、今後、酒を飲まなくてもよろしい」

「なんでよ」

「ミネラルウォーターみたいに飲みやがって。金の無駄だ。これから松沢は水にしろ」

「酔わなくても、味を楽しめればいいのよ」

二時間ほど酒の席を楽しんだあと、居酒屋『紗わ田』から出て、駅までの道のりを梅田と肩を並べて歩く。

秋も深まり、少し冷たい風が頬を掠《かす》める。酔っていないとはいえ、やっぱり身体は熱を持っているようで、大変気持ちいい。

駅に続く大通りを行く間、梅田と他愛《たわい》のないことを話す。

居心地がいい時間を過ごしていたら、ここ最近の不運なんて、すっかり忘れてしまった。

梅田の言う通り、この五日間は、ただ運が悪かっただけだ。

水晶《すいしょう》占いのお婆《ばば》様の忠告は間違いだろう。そうに違いない。

空を見上げると、私たちを照らしているまんまるお月様が目に入った。星もキラキラと瞬《また》いて、とてもキレイだ。

アルコールが入り、いい気分になって月を眺める私の横で、突然、梅田が叫ぶ。

「松沢、危ない！」

その言葉に驚いて身体を強張《こわば》らせた私は、気がついたら梅田の腕の中にいた。

どうしたのかと慌てていると、私の近くでガシャンと大きな音が響いた。

梅田に抱かれたまま、音がした方向に視線を向けたところ、さっきまで私が歩いていた先に、工事現場の看板が落ちていた。

目をこらして頭上を見れば、看板を吊るしてあったらしき鎖が切れて揺れている。どうやら、あそこから落ちてきたようだ。

それを見て、ジワジワと恐怖が込み上げてくる。

「梅田……」

私は、梅田のシャツをギュッと握り締めた。

もし、あのまま呑気《のんき》に歩いていたら……私は、きっと、この看板に当たっていたはずだ。こんな固いものが頭にぶつかれば、大ケガをしたことだろう。

頭上から「大丈夫ですか？」という、作業員の慌てた声が聞こえた。

「大丈夫です」

梅田が私の代わりに答える。そんな光景をボンヤリと見つめながら、私は自分の身体をきつく抱き締めた。

まだ震えが止まらない。ガクガクと身震いする私を、彼はそのたくましい腕で力強く抱き締めてくれた。

梅田の体温が伝わってきて、それだけで安心できる。

今日は、梅田と初めてなことばかりしている。休日の夜に会うのもそうだが、こうしてギュッと抱き締められるなんて、今までなかった。何年も顔を突き合わせているのに、こんなに接近したのも初めて。

だからだろう、無性に恥ずかしさが込み上げてきた。

慌てて梅田から離れようとしたのだが、膝《ひざ》が笑ってしまっていて、動けない。

それがわかったのか、彼はゆっくりと私の背中を撫《な》でてくれた。温かくて大きな手のひらが、不安を取り除いてくれているみたいだ。

しばらく大人しく撫でられ続けた私は、ふと、あることに気づき、恐々《こわごわ》と口を開いた。

「ねぇ、梅田。これって今日の分？」

「今日の分って？」

「だから、占いの……」

「ばかばかしい。そんなの気にしすぎだ」

「でも！」

今日はまだ災難は起こっていなかった。だからこそ、居酒屋『紗わ田』での「考えすぎ」という梅田の言葉を鵜呑《うの》みにして、お酒を楽しんだ。

しかし、今日も災難が降りかかってきた。やっぱり、占い師たちの言葉は本当だったのだ——

何度も訴えるが、彼は首を横に振って否定し続ける。

もう少し真剣に取り合ってくれたってバチは当たらないのに。不満げに見つめていると、梅田は安心したように大きく息をついた。

「とにかく、松沢が無事でよかった」

「……うん」

「これは占い師が言っていた災難とは別のもの。たんなる事故だ」

でも、と抗議する私に、梅田はもう一度首を横に振る。

「松沢は考えすぎだよ。不運をすべて占いのせいにしていないか？」

「……」

梅田の言う通り、ここ数日の間に起こった災難は、ただタイミングが悪かっただけかもしれない。

もともと私は占いが好きだ。だからこそ、ちょっと信じすぎているところもあるので、それを指摘されると何も言えない。確かに、なんでも占いのせいにするのは間違っているだろう。

だけど……怖い。なぜ、私にばっかり不幸な出来事が起こるの？　週が変われば降りかかる災難も減るのだろうか。それとも、水晶《すいしょう》占いのお婆《ばば》様が言ったようになってしまうのか。想像するだけで背筋が寒くなる。

「とにかく帰ろう。今日は家まで送っていくから」

「……うん」

いつもの梅田なら、家まで送るとは言わない。駅に着いたら、そこでバイバイだ。

しかし、ついさっき起きた事故で私が怯《おび》えきっているのがわかったのだろう。そうでもなければ、こんな申し出はしないはずだ。

彼は、腕の中から私を解放したあと、手を握ってきた。

「松沢は危なっかしいから、家までしっかり連れて行ってやる」

「何よ、それ……」

悪態《あくたい》をつきながらも、私は梅田の手を振り払わなかった。彼は私の手をそっと握っていたが、私はギュッと握り返す。

いつもの私なら、梅田に甘えることはない。下手に梅田を男として見てしまうと、きっと、彼に好意を寄せる子たちに睨《にら》まれるだろう。だから、梅田とは友人かつ同期として、ある一定の距離を保っていた。

だけど、今夜は……少しだけ梅田に縋《すが》りたい。先程の光景を思い出すと怖くて、そのたびに梅田の手を握り締めてしまう。

そんな、いつもとは様子の違う私を、梅田はからかわない。

彼は上司がどうだとか、商品がどうだとか、そういう同期らしい会話をして穏《おだ》やかな雰囲気を作り上げてくれた。

会社の最寄り駅から電車に乗り、二駅目で下車する。その駅は、私が子供の頃から利用している、自宅の最寄り駅だ。

駅前は近代的で大きなビルが立ち並ぶビジネス街だが、十分も歩けば、昔ながらの住宅地が見えてきた。

「こっちでいいのか？」

辺りを眺めつつ、方向を示して尋ねる梅田に、私はこくりと頷《うなず》いてみせた。

「うん」

ふと、今までの五日間、災難は一日一回限りだったことを思い出す。それなら、今日はもう何も起こらないはずだ。

そのことを梅田に言おうとしたが、やめておいた。きっと「占いを信じるな」と怒られるのがオチだ。

それにしても、と自分の手を見つめる。

電車に揺られている最中と、電車を降りた今も尚《なお》、彼は私の手を握ってくれている。こんなふうに梅田と手を繋《つな》いで歩く。そんな出来事が起きるだなんて、今まで想像したこともなかった。だから、不思議な気分だ。

意識し始めたら、急にとても恥ずかしくなってきた。

私の家はすぐそこ。家族に見られたら居たたまれない。つい考え込んでしまった私を余所《よそ》に、梅田は涼《すず》しい顔で付近の家の表札を見る。

彼は『松沢』という表札の家を見つけると、ゆっくり私の手を離した。

「とにかく、さっさと家に入れ。家の中なら、大きな事故は起こりにくいはずだ」

「……だと、いいけれど」

外にいるときに比べれば、さっきの看板の落下のような災難が起こる可能性は低くなるだろう。

ここは梅田の言う通り、早く家の中に入った方がよさそうだ。

「あんまり沈むなよ。松沢は気にしすぎるところがあるから」

「ふーんだ」

何度も言われなくたってわかっているし、と私は可愛げのない態度をとる。すると、梅田は私の頭を、ガシガシと乱暴に撫《な》でた。

「じゃあな、また会社で」

「うん……今日はありがとう」

小さく礼を言う私を見て、彼は目を細め、大きく頷いた。

梅田は私に背中を向け、手を軽く上げると、駅へ続く道を歩いて行く。その背中が見えなくなるまで見送ったあと、私はいつものように「ただいま」と玄関の扉を開ける。

「茜、帰ってきたの？」

リビングの方から、お母さんの猫なで声が聞こえた。

私は嫌な予感がして、家に入るのを一瞬ためらった。お母さんがこんな声を出すのは、何か思惑《おもわく》がある時だ。

靴を脱いで恐る恐るリビングに行くと、お父さんとお母さんが並んでソファーに座っていた。お母さんは「そこに座って」と、ローテーブルを挟んだ向かいのソファーを指さす。渋々座る私を見て、お母さんは真剣な面持《おもも》ちで言った。

「茜も二十九歳だし、そろそろ結婚を考えてもいい頃よね？」

「……」

質問口調ながら、「結婚するべき」と言っているように聞こえるのは、私だけだろうか。

逃げ腰の私を、「絶対に逃がしはしない」とハンターの目で見つめるお母さんが怖い。

私は目の前に座るお母さんから視線を逸《そ》らし、その隣にいるお父さんに視線を向ける。しかし、お父さんは私と視線が合うと、わざとらしく新聞で顔を隠した。どうやら助けてくれるつもりはないらしい。

お父さんがお母さんにたちうちできないことぐらい、最初からわかっていた。だが、可愛い娘を助けるそぶりくらい見せたっていいではないか。

晩婚化が進む今、そんなに急いで結婚しなくてもいい、と私は主張したい。

私はもともと男性と付き合っていても長続きするタイプではないし、愛とか恋とか、今となってはよくわからない。

「好きです」と言われた経験はある。

だけど、付き合うと相手がいつの間にか冷《さ》めていく。それなら、どうして告白なんてしたのだろう、と思うことがずっと続いた。

だから私は、男性からの好意とか愛情を信じられなくなっている。今は好きだ、愛していると言っていても、いずれ離れていってしまうはずだ。

女というより男友達みたいだと、すぐに男から愛想《あいそ》をつかされる私では、結婚なんて、夢見るだけ無駄だろう。

しかし、完全に開き直っているわけではない。結婚はしないだろうと踏んでいた、親友の涼花が結婚を決めたと報告してきた際、私はかなり動揺した。

それを聞いたときは、これから私はどうすればいいのか、真剣に悩んだ。独身のまま未来を迎えることを、初めて怖いと思った。

結婚だけがすべてじゃない。幸せの形は十人十色《じゅうにんといろ》。自分らしい幸せを探していけばいい。

そう考えている反面、危機感を覚えていることも事実だ。

そんな不安定な精神状態の私に一週間も災難が降り注《そそ》いだのだから、ビクビクと怯《おび》えても仕方がないことのはず。

それなのに梅田は、「占いなんて信じるな」の一点張りだ。

同期のよしみで、私の願い事を叶えてくれたって、バチは当たらないじゃないか。好きな女の人ができるまでの、期間限定の恋人役でいいって言っているのにさ。

今日の梅田の態度を思い出し、なんだか腹が立ってきた。私があれだけ不安がっていたのに、全然取り合ってくれないなんて。

(私だって、信じたくないよ!)

だけど、占い通りの不幸な出来事が、次から次に起きている。その状況で「信じなければいい」などとは思えない。

「ねぇ、茜。聞いているの?」

「あ、え? なんだっけ?」

あれこれ考えていたら、お母さんの話を聞き流していたようだ。慌てて返事をする私に、お母さんは「もう!」と頬を膨《ふく》らませた。

「だから、お見合いしてみない? って聞いたのよ」

「えっ!? お見合い!? ……いやいや、相手がいないんじゃない?」

「大丈夫よ、町内会長の奥様にお願いしてきたから」

「……」

あからさまに嫌そうな顔をする娘を無視し、お母さんは胸を張った。

「あの奥様に任せておけば間違いないわ。縁談を纏《まと》めることに関しては、右に出る者はいないっていう話だし」

いや、待って。その表現は一体なんなんだ。頭が痛くなってきた。

『私は、今月五件も縁談を纏めましたの』

『あら！　私は六件ですのよ、おほほほ！』

という会話を、誰かとしているとでもいうのか。

呆れ返って言葉も出ない私とは対照的に、お母さんはテンション高く喋《しゃべ》り続ける。

「奥様がね、『茜ちゃんなら大丈夫。いくらでも縁談を見繕《つくろ》ってあげる』っておっしゃっているのよ」

「……」

「『大船に乗ったつもりでいてちょうだい』ですってよ。よかったわね、茜」

母よ、まずは私の気持ちを聞こうか。

突っ込みどころ満載《まんさい》の話に、私は大きくため息をついた。

「あのさ、せめて私に見合いをする気があるかどうか、確認するところから始めてくれないかな」

「あら、今まで彼氏がいたこともあったんだし。それなりに結婚願望があるんじゃないの？」

確かにその通りだ。だが、突然見合いだと言われても困る。

顔を顰《しか》める私に、お母さんはそのままの勢いで畳《たた》みかけてきた。

「ここ二年、誰とも付き合っていないでしょう。出会いが少なくなってきているんじゃない？」

「……」

お母さんの言うことは図星だった。友だちがほとんど結婚してしまい、合コンなどの出会いの場が急激に減っていたのだ。

「いいじゃない。お見合い。これもひとつの縁でしょ？」

「そうかもしれないけど……」

すでにお母さんに丸め込まれそうになっている。

どうにか覆《くつがえ》したいところだが、お母さんの意見も一理あるだろう。だからといって、「はいはい、お見合いですね」といい返事はできない。

ウジウジと考え込む私に、お母さんはぴしゃりと宣言した。

「いいわね、茜。町内会長の奥様からいい人を紹介してもらって、絶対にお見合いしてもらいますからね！」

「ヤダ」

口を尖《とが》らせ、ふて腐れる私を見ても、お母さんは容赦《ようしゃ》ない。

「そんな子供っぽい顔しても無駄よ。すでに似合わない歳だし」

「うるさいよ」

するとお母さんは問答無用とばかりに、ダンと強くテーブルを叩く。驚いた私とお父さんの身体が、ぴょこんと跳ねた。

「とにかく！　これは決定事項ですからね。わかったわね」

ここで「わからない」と言えば、状況は変わるのだろうか。否《いな》、変わらない。それなら、これ以上お母さんの逆鱗《げきりん》に触れないようにする方が、賢明だ。

私が黙りこくっていると、お母さんはツンとすまして腰に手をやる。

「もし、見合いが嫌だというのなら、それまでに彼氏を作ってらっしゃい」

「それこそ無理！」

「なら、仕方ないわね。奥様が出会いの場を提供してくださるのよ。感謝しなさい」

したり顔のお母さんに何を言っても無駄だろう。もし反論したら、百倍にして言い返されそうだ。

私は、心の中で白旗を振り、立ち上がった。

「疲れたから今日は寝る」

お母さんがまだ何か言っていたが、すべてシャットアウト。私はバタバタと階段を駆け上がり、部屋に閉じこもった。

＊＊＊＊

今日は日曜。昨日は疲れ果てて、割と早い時間から泥のように眠ったので、今朝は早くに目が覚めてしまった。

起床してすぐ時計を見たときは、まだ七時だった。

ベッドから這《は》い出た私は、お母さんたちが起きる前にシャワーを浴びて、いつもより力を入れたメイクをし、お気に入りのワンピースを着た。

占いを信じるなら、このまま大人しく家にいた方がいいのだろう。外に行けば、昨日のような事故があるかもしれない。

だけど、このままふさぎ込んで家の中にいるのも性に合わない。早めに家を飛び出して、好きなことをしよう。そうすればきっと、気持ちも浮上するはず。

善は急げ、と私はこっそり階段を降り、ゆっくりとパンプスに足を入れる。

ここでお母さんに見つかったら、元の木阿弥《もくあみ》。また縁談の話で、何時間も拘束《こうそく》されてしまうに違いない。

私はパンプスを履《は》き終えると、静かに扉を開く。しかし玄関を出ると、ちょうど町内会長の奥さんが我が家の門を開けるところだった。

「あら、茜さん。ちょうどよかったわ」

「……」

見上げれば、透《す》き通るほどキレイな青空が広がっている。だが、この状況はとても、清々《すがすが》しい朝からはほど遠いだろう。

満面の笑みを浮かべた町内会長の奥さんを目の前にして、私は頬が引き攣《つ》るのを隠すことができない。

回れ右をしたかったけれど、こうなってしまうと、逃げることは無理だ。

「お、おはようございます」

「おほほ。おはよう、茜さん。お母様からお見合いの話は聞いているかしら？」

「えっとですねぇ……」

なんとかここで断ってしまおうと目論《もくろ》む。しかし奥さんは私の答えを待たず、凄い勢いで捲《まく》し立てた。

「任せておいて！　私の手にかかれば、良いご縁に恵まれますからね。さぁ、そうと決まれば善は急げよ。我が家にいらして？」

普段はいかにも人畜無害で、ほわほわとした優しい笑みが絶えない奥さんだが、縁談のことになると人が変わるらしい。

遠慮する私の腕を強引に引っ張り、町内会長の自宅へと引きずり込んでしまった。

奥さんは私をリビングのソファーに無理やり座らせると、ジリジリと近付いてきた。そして、書類の束を手渡してくる。

「え？　こ、これは？」

「あら、これ全部、茜さんへの縁談よ？」

「え⁉」

パッと見ただけで十枚はあるように思う。呆気《あっけ》にとられている私に、奥さんは自慢げにほほ笑んだ。

「久しぶりに腕が鳴ったわよ。茜さんは美人でしょ？　その横に並ぶなら、やっぱり美男子じゃなくちゃね」

「は、はぁ……」

「絵面《えづら》的にね、バランスがとれていないと許せなくて」

おほほ、と朝から甲高い声で笑う奥さんに、苦笑いをするしかない。

引き攣《つ》る頬を隠すこともできずに固まる私の手から書類を引き抜くと、奥さんは私の目の前でそれを開き出した。

「ほら、見て。こちらの方ステキでしょ？　大学の研究室にいる方で、なかなか女性と縁がなかったそうなのよ」

チラリと写真を見ると、確かにイケメンだ。線が細く、すっきりと整った顔立ちで、和風男子といったところか。

短く切り揃えられた黒髪は清潔さを漂《ただよ》わせている。職業も外見も、非の打ちどころがない。しかし、私は趣味の項目を見て、眉を顰《ひそ》めた。

爬虫類《はちゅうるい》の飼育って……。考えただけでも鳥肌が立つ。

今の時代、ペットと一言でいってもさまざまだ。爬虫類が好きな人も多いと聞く。

だが、私はどうしてもダメだ。動物園に行っても、そこだけは避《さ》けたいと思ってしまうほどダメ。絶対にパス。

やんわりと「この方は、ちょっと……」と書類を返すと、すぐに次の書類が差し出された。

「この方は？　会計士の方でね……」

渋々写真を見たが、なかなかカッコいい。しかし、どうにも気乗りがせず、私は首を横に振る。

そのあとも、奥さんは次々に男性を薦《すす》めてきた。しかし、私は一度として頷《うなず》かなかった。確かに、高学歴で勤め先も申し分ない、高収入の人ばかりだ。

だけど、それだけ。心を揺さぶられる『何か』を感じない。とりあえず書類を見てはみたものの、やっぱり私にお見合いは向いていないと思う。

私は丁寧に、奥さんが持ってきた書類をすべて返した。

「すみません。私にはもったいない人ばかりなので……」

「あら、気に入らなかったかしら」

やんわりと断る私に、奥さんは、残念そうな声を上げる。

もう、さすがにこれ以上はないだろうと胸を撫《な》で下ろしたときだった。

「そうねぇ……あ、そういえば、ちょうどいい人がいるわ！」

「え？」

まだ誰かいるのかとうんざりとしていたら、奥さんはリビングを飛び出し、大声で叫んだ。

「彰久《あきひさ》、起きているなら、こっちにいらっしゃい！」

彰久という名前を聞いて、元彼と同じ名前だなぁと呑気《のんき》に考えていた私だったが、やがて登場した人物を見て言葉を失ってしまった。

葛城《かつらぎ》彰久。貿易会社勤務の二十七歳。

長身で線が細い彼の、スラリと伸びた足を見ていると、私の余分なお肉をつけてやりたいと思う。

誰に対しても人当たりがいい男で、特に女性に対しては格別に優しい。

私の記憶が正しければ、二年前に海外転勤の辞令を受けた直後、恋人であった私と別れて、アメリカに飛んで行ったはずだ。

そんな男がなぜ、今、私の前に現れたのか。どうやら彰久も私がここにいることに驚いているようだ。彼は目を見開いて私を見つめてから、明るく声をかけてきた。

「茜さん、どうしてここに？」

「……」

「ああ、でも本当に久しぶりだ。元気でしたか？」

奥さんはびっくりした顔で私と彰久の顔を交互に見た。

「あらあら、二人は知り合いだったの？」

「え、ええ」

「まぁ、ステキ！　彰久は私の甥《おい》っ子なのだけど……これはご縁よ、茜さん」

「あ、ははは……」

もう笑うしかない。奥さんの甥がまさか元彼だなんて、世間が狭すぎる。

奥さんは目をキラキラさせて、期待に満《み》ちた表情を浮かべ、私の腕をガッシリと掴《つか》んだ。

「ねぇ、茜さん。うちの彰久とお見合いしてみない？」

「いえいえ、とんでもないです。葛城くんは見ての通りステキな男性ですから、結婚相手なんてよりどりみどりでしょう？」

彰久との恋は、二年前に終わらせた。わざわざ昔の古傷をえぐるような真似《まね》をしたくない。それに、どうせもう彼女の一人や二人いることだろう。

何しろ、彼はとてつもなくモテた。今も間違いなくモテるはずだ。

そんなことは私が一番よく知っている。そのせいで私は……彰久と距離を置いたのだから。

「ですから……」

私がきっちりと断りを入れようとした途端、彰久は意味深にほほ笑んだ。そして手を伸ばして私を抱き締める。

彼の腕にがっちり拘束《こうそく》されて、私は身動きが取れなくなってしまった。抜け出ようと必死にもがくが、力強くてびくともしない。私は必死の努力を続けつつ、彰久に小声で苦情を言う。

「離してよ」

すると、彰久は片手で私の口を覆《おお》い、言葉を封《ふう》じる。その上、人の耳元で囁《ささや》き始めた。

「夢みたいだ……会いたかったよ、茜さん」

「っ！」

「俺がどんな思いで二年前、貴女《あなた》の手を離したと思っているの。もう、離さないからね」

おい、待てコラ。何を勝手に言っているんだ。そう叫びたいのに、声が出せない。

フガフガと言葉にならない声で叫ぶ私を余所《よそ》に、彰久は人当たりのいい笑みを奥さんに向けた。

「ってことで、叔母《おば》さん。今から茜さんと色々込み入った話をしたいので、出かけてもいいですか？」

待て待て、勝手に決めるな。何を言い出すんだ。文句の一つも言いたいのだが、ムグムグという唸《うな》り声しか出せない。

どう見ても私が嫌がっているのがわかるはずなのに、奥さんはすでに縁結びモードに入ってしまったらしく、顔を紅潮《こうちょう》させて何度も頷《うなず》いた。

「ええ、ええ。それがいいわ。旧交を温めるのはいいことですもの」

「そうですよね、叔母さん」

「ご縁っていうのは、転がってくるものなのね。今回それがよくわかったわ。ほら、二人ともいってらっしゃい」

奥さんからは逃《のが》れられたが、今度はもっと厄介《やっかい》な人物に捕まってしまった。

彰久に抱きかかえられるように町内会長の家をあとにした。私はこのまま、どこに連れて行かれるのだろう？

どうにかして逃げてやろうともがいていたら、お母さんが息を切らして駆けつけてきた。

「ちょっと茜。縁談が纏《まと》まりそうって本当なの？　町内会長の奥様から連絡があって、そりゃもうびっくりして」

興奮気味のお母さんはそう捲《まく》し立てると、今度は私の傍《そば》にいる人物を見て、黄色い声を上げた。

「きゃー！　この方なの？　ステキな方じゃない」

バシバシと私の肩を叩く母よ。まずはこの状況について、疑問はないのだろうか。

明らかに嫌がりながら男に連行されている娘を見て、その言葉はどう考えてもおかしい。

「初めまして、葛城彰久と申します」

「こちらこそ、初めまして。先程、奥様から連絡をいただいたのだけど、町内会長さんとはご親戚なんですってね」

「ええ、甥《おい》に当たります。実は茜さんとは旧知の仲でして……久しぶりにお会いしたので、どこかでゆっくりお話したいと思っているのです。茜さんをお借りしていいでしょうか？」

まぁ、と感嘆の声を上げるお母さんに、彰久は悩殺《のうさつ》スマイルを炸裂《さくれつ》させた。

お母さんは、それはそれは嬉しそうに頷き、猫なで声で答える。

「ええ、もちろん。煮るなり、焼くなりお好きにどうぞ」

「いいんですか？」

「葛城さんがもらってくれるなら、喜んで差し出すわよ」

「ありがとうございます」

おいおい、お母さん。可愛い娘を初対面の男に託すとは、どんな了見だ。

私は、突っ込みどころ満載《まんさい》のやり取りに抗議の呻《うめ》き声を上げたが、二人とも、気にもしてくれなかった。

満面の笑みを浮かべたお母さんに見送られながら、しばらく彰久に引きずられるように進む。私はようやく口を押さえていた彰久の手を引きはがすことができた。

「ちょっと、いいかげん離しなさいよ」

「離さないって決めたから」

「勝手に決めないの。このバカ者！」

「茜さんの罵声《ばせい》、久しぶりすぎて嬉しいな」

いい加減にしてよ、ドM！　と罵《のの》ったものの、穏《おだ》やかに笑って流された。彼は一瞬私を解放したものの、すぐに手首を掴《つか》み、また歩き出す。

これはもう、占い通りの災難――それも、かなりの大災難が降りかかってきたと考えて間違いないだろう。

「今日の災難は、これなのか！」

「何？　災難って」

「こっちの話！　それより、どこに行くのよ？」

「内緒！」

なかなか行き場所を明かさない彰久だったが、向かおうとしている場所は、方向からして想像がついた。私はひとまず抵抗を諦《あきら》め、黙ってついて行くことにした。

やがて、見慣れた懐かしい建物が見えてくる。

彰久に連れていかれた先は、私の予想通りの場所。

春蘭学園《しゅんらんがくえん》。私と彰久が高校生活を送った場所だ。といっても、同じ部活だったとか、共通の友人がいたとか、そういう接点は全くない。この事実が判明したのは、付き合い初めてから少し経った頃だった。

彰久と出会ったのは三年前。友達が主催した合コンがきっかけだ。

あのときの彼は、付き合ってほしいとしつこかった。

確かにステキな出会いがあるといいなぁと思って合コンに参加したが、年下は恋愛対象外だ。

そう断っても取り合ってくれず、気がつけば彰久の巧みな話術でうまく丸め込まれ、付き合うことなってしまった。

ジワリジワリと相手を追い込む策士ぶりは健在のようで、今もすっかり彼のペースにのせられている。

彰久は私の手首を掴んだまま、校門をくぐる。そしてグラウンドが見える芝生《しばふ》までやって来た。

約十年前から何も変わらぬ風景が、とても懐かしく感じる。

ずっと私の手首を掴んでいた彰久だったが、そこでやっと手を離してくれた。

解放されて、私は身体を伸ばして筋肉をほぐす。

「ほら、こっちに座ろうよ」

彰久は近くのベンチに座ると、手をちょいちょいと動かし私を誘った。

私は大きくため息をついたあと、彼の隣に座る。

金属バットで白球を打つ、カキーンという音が聞こえてくる。目の前のグラウンドでは、野球部の面々が汗を流してがんばっていた。

青春なんて言葉がよく似合う彼らを目で追いながら、私は彰久に聞く。

「で？　アメリカに行ったはずの人間が、どうして町内会長さんの家にいたのよ？」

私は前屈《まえかが》みになり、膝《ひざ》に右肘をついて顎《あご》を乗せる。私のふてぶてしい態度を見て、彰久はクスクスと楽しげに笑った。しかし、こちらとしては笑えない状況だ。

ブスッと頬を膨《ふく》らませている私の左手に、彰久の手が重なる。その手を振り払おうとしたが、強い力で掴まれて、びくともしなかった。

「ドラマティックな再会だったね？　昔、振った男が、まさか突然見合い相手として登場するなんてさ」

「全然ドラマティックじゃない。確かに私が振ったけど、あれは彰久が悪いんでしょ？」

「別に悪くないでしょう。彼女は茜さんだけだったよ？」

「そうだとしても、私は不安だった。可愛い女の子たちと仲良く遊びに行ったり、二人で会ったりしていてさ。私がなんとも思っていなかったとでも？」

彰久は優しかった。彼女だった私だけにでなく、他の女の子にもだ。

本人にその気がなくとも、周りの女の子たちが彰久に恋心を抱いていることは、一目瞭然《いちもくりょうぜん》だった。

それなのに、彰久は彼女たち全員にいい顔をする。私はそれを良しとしなかった。

「日本に戻ってくるまで待っていてなんて言っておいて、舌の根の乾かぬうちに女の子と遊んでいたご様子だし。だいたい、彰久みたいにモテる男が、彼女がいるとはいえ遠距離恋愛中だってわかれば、女の子が放っておかないでしょ。そんな人、待っていられない」

彰久が海外に転勤になると聞いたとき、一時は彼を待とうと思っていた。

その考えを改めて別れを告げたのは、転勤の話をした数日後、彼が女の子と二人きりで会っているのを目撃してしまったせいだ。

それを見て、彰久のことを信用して何年も日本で待てないと判断した。別れを告げたあとは、彰久に、そして男性全体に対して不信感を抱くようになり、誰とも付き合っていない。

あれから二年。私は、すっかりひねくれた。

恋とは距離を置き、おひとり様まっしぐらな生活を送ってきたのに、ここにきて彰久が私の前に現れたのである。全く、迷惑極まりない。

唯一の救いは、すでに隣の男に恋愛感情を持っていないという点だろう。

この二年で、やっとふっきれたようだ。えらいぞ、私。やったぞ、私。

「ねぇ、茜さん」

彰久は突然私の足元に跪《ひざまず》き、恭《うやうや》しく手をとると、甲にキスをしてきた。

一瞬、彼が何をしているのかわからなかった。手の甲に残る、柔らかい感触。こちらを見上げる真剣な眼差《まなざ》し。現実離れした出来事に、私はついていけなかった。ただ驚いて、ベンチから勢いよく立ち上がる。

「あ、ありえない……んですけど」

やっと絞《しぼ》り出した言葉は、なんとも間抜けなものだった。

二年前に別れた男が突然、見合い相手として現れただけでもテンパってしまったというのに、その上、跪いてキスときた。

恋も結婚も半《なか》ば諦《あきら》めムードだった私にとっては、刺激が強すぎる。

あとからじわじわと恥ずかしさが込み上げてきた。

まずは辺りを見回す。よし、誰もいない。こんな恥ずかしいところを他人様に見られていたら、恥ずかしくて表を歩けない。

挙動不審《きょどうふしん》な私に、彰久は痺《しび》れを切らしたように口を尖《とが》らせる。

「二年前に別れた日、俺は決めたんだ。今度日本の土地を踏むとき、茜さんが誰のものにもなっていなかったら、絶対にものにしてみせるって」

「……」

「日本には昨日戻ってきたんだ。今日辺り、茜さんに連絡を取ろうと思っていたんだよ」

薄い唇が、夢みたいな言葉を紡《つむ》いだ。今までの展開とは全く違う。予想もできない告白の数々だ。男友達といるみたいだと冷《さ》めて離れていく。それが、私の恋愛の定番だった。ところが、彰久は今も私のことが好きだと言っている。彼は、揺れる心に畳《たた》みかけるように言葉を続けた。

「今までの男たちと一緒にしてもらっては困るよ。茜さん」

「ちょ、ちょっと！」

彰久は突然、私を抱き締めてきた。

彼と付き合っていたとき、この腕の中にいると安心できたことをぼんやりと思い出したが、あのころに感じていた安らぎを、今は感じない

（梅田が抱き締めてくれた方が、ホッとしたな……）

私を抱き寄せ、落下してきた看板から守ってくれたときの梅田の顔は、今まで見た中で一番凛々《りり》しくてステキだった。

彼はもともと頼り甲斐《がい》のある男だ。視野が広くて、相手の気持ちを引き出すのが上手で、同僚や部下から相談を受けているのをよく見かける。

私がそんなことを考えていたら、彰久が怪訝《けげん》な顔をした。

「今、何を考えていたの？」

「へ？」

思わず声が裏返る。すると彼は腕の力を緩《ゆる》めて、私の顔をじっと睨《にら》んだ。

慌てる私に、彰久は嫌そうな表情を浮かべ、そのあと大きく息をついた。

「まあいいよ。茜さんが結婚していないなら好都合。どんな男がいても、俺が奪《うば》いとるから」

「何言っちゃってるのよ、彰久ったら」

あはは、とわざとらしく笑い声を立てる私に、彰久は負けじと満面の笑みを浮かべた。

なんとか穏便《おんびん》に話を打ち切ろうと、あれこれ考えるものの、残念ながら私には、この男を煙《けむ》に巻く術《すべ》がない。

しかし、私の気持ちは二年前、彰久に別れを告げた日に、すべて封印してしまった。今さら彼が何か言ったとしても、私は応《こた》えることができない。

私と彰久の恋は、もはやタイミングを失ったのだ。

私が改めて断りを入れるよりも早く、彰久が口を開いた。

「もう逃がしはしない」

「彰久？」

「問答無用だよ、茜さん」

「っ！」

キラキラと瞳を輝かせながら、逃げ場はないよ、とほほ笑む彰久の顔は恐ろしかった。

彰久は一度やると言ったら、絶対に実行する男だ。

これは絶対に面倒くさいことになる、私はそう直感で判断した。

＊　＊　＊　＊

彰久に翻弄《ほんろう》されてしまった翌日の月曜日。

会社の更衣室で事務服に着替えながら、昨日のことを思い出してはため息をついていた。

彰久から『もう逃がしはしない』と宣言されて戸惑《とまど》っていると、突然、彼のスマホに電話が入ったのだ。

今なら彰久は追いかけられないと判断して、私は彼の腕を振りほどいて逃げた。

そりゃもう、後ろを振り返ることなく全速力で走った。そのあとは特に連絡がなく、少しだけホッとしている。しかし、これは嵐の前の静けさな気がしてならない。

「なによ、茜。元気ないじゃない？」

何度目かのため息の直後、涼花がやって来た。私の顔色を見て、彼女は心配そうな顔をしている。

始業まであと三十分はあるから休憩室《きゆうけい》へ行こう、と誘われた。

涼花は私と同じ二十九歳。私は短大卒で、涼花は四大卒だ。会社では私の方が二年先輩だが、同い歳ということですぐに仲良くなった。

私たちの見た目の雰囲気は正反対で、私がクール系だとすれば、涼花はとても可愛らしいお嬢様系だ。背の高い私と小柄な彼女が一緒にいるのを見た人たちから、よくでこぼこコンビだと言われる。

しかし性格はよく似ていて、お互い、恋は不得意。そんなところは同類だった。

だが、涼花は先日、幼馴染《おさななじみ》とめでたく婚約した。同類だと思っていたのに、どうやら違っていたようだ。

すでに同居している涼花と婚約者は、籍は入れるが式はしないらしい。だから後日、旦那様を拝《おが》むため、彼女たちの新居にお邪魔する予定だ。

でも、今の不運続きな状況が好転しないうちは、とてもじゃないが行けそうにもない。

ラブラブオーラで私の心が荒《すさ》んでしまうことは、目に見えている。新婚家庭というのは、自分が幸せなときに覗きに行くものだ。

「で？　なんでそんなに落ち込んでいるのよ？」

休憩室に着くと、涼花は自販機でカップのコーヒーを買ってから、近くの椅子に座った。カップを熱そうに持ちながら、フーフーと息を吹きかけて冷《さ》ましている。

香《こう》ばしい香りが漂《ただよ》ってくるが、今は飲む気になれない。私は飲み物も買わず、彼女の隣に座り、ため息をついた。

「先週からツイてない」

もっと深刻な話かと思ったのだろう。涼花は、拍子《ひょうし》抜けした顔をしている。

でもね、涼花さん。最近の私はツイていないにも限度がある。その限度を越してしまった今、これは深刻な悩みと言っていいだろう。

「はぁ？　真剣な顔して何を言い出すかと思えば。特に原因はないってわけね」

「原因？　あるともさ。ツイていないことが原因なんだよ！」

不思議そうに首を傾《かし》げる涼花に、私はこの一週間で起きた、数奇かつ恐ろしい出来事の数々を詳細に話した。

色々な不運に見舞われてきた私だったが、特に昨日は大変な目に遭《あ》った。

まさか元彼の彰久が、見合い相手として再び私の目の前に現れるとは思ってもみなかった。

あまりの私の落ち込みように、涼花は眉間に皺《しわ》を寄せた。

あのね、涼花さん。貴女《あなた》の電撃結婚も、落ち込んでいる原因のひとつなんですけど。口を尖《とが》らせてチラリと視線を向けると、彼女は「ん？」と首を傾げた。

左手の薬指には、きらりと光るリング。婚約した証《あかし》が、今の私には眩《まぶ》しすぎる。

涼花はコーヒーを一口飲んだあと、肩を竦《すく》めた。

「でもさ、たかが占いでしょ？　大丈夫、当たらないって」

「で、でもさぁ。この一週間、占い通り悪いことばっかりあったんだよ？」

「確かに災難のラインナップが凄いけどさ、そんなの偶然だって」

「なんで梅田と同じこと言うのさ」

「梅田課長？」

涼花は、ふーんと意味深に呟《つぶや》くと、ニヤリと笑った。

その笑みがあまりに怖く、私は思わず仰《の》け反《ぞ》ってしまう。

「梅田課長と仲いいもんねぇ、茜は」

「べ、別に。普通よ。ただの同期だし」

「ただの同期って感じはしないわよ？」

ニヤニヤと笑いながら私に絡《から》む涼花は、酔っ払いみたいにたちが悪い。

ムッとして眉を顰《ひそ》めたが、彼女はそんな表情では動揺しない。ツンツンと私の頬を突《つつ》いて、とても楽しそうだ。

「梅田とは友達みたいなもんだし。何よ、その笑いは」

「そりゃ笑いもするわよ。だってさ、今日は月曜日。課長クラスは通常、始業時間より前に来て会議でしょ？　その前に梅田課長と茜が顔を合わせてそんな話をしたとは思えない」

相変わらずにやけっぱなしの涼花に、私は恐る恐る先を促《うなが》す。

「だから？」

「ふふん。この休みの間に、二人で会ったんでしょ？」

「っ！」

確かにその通りだが、やましいことなんかない。決してない。

むきになって反論しようとして、ふと我に返った。恋人のふりをしてほしいというあの直談判《じかだんぱん》は……やましいことの内に入るかもしれない。

私の動揺にすぐさま気がつくところは、さすが長年の友人だと褒《ほ》めるべきだろうか。涼花のキレイな唇が、ゆっくりと弧《こ》を描いた。

「何かあったでしょう？　やましいこと」

「や、や、やましいことなんてないわよ。これっぽっちも」

身ぶり手ぶりを交えてアピールしたが、全然信用していないらしい。挙動不審《きょどうふしん》な私を見て、涼花はそれはそれは楽しそうだ。

「ほら、吐け。吐いちゃいなよ」

「うるさいなぁ」

「何があった？」

「何もないってば」

断固として黙秘権を行使しようとする私に、涼花は悪そうな笑みを深めた。

……嫌な予感しかしない。

「じゃあ、直接聞いてくる」

「え？」

「だから梅田課長に聞いてみる。幸い、梅田さんはうちの課の課長だからねぇ。あちらを突《つ》くことにする」

「ちょ、ちょっと、涼花」

慌てたのは言うまでもない。どう考えても、赤っ恥をかくのが目に見えている。

梅田が恋人活動のことを面白おかしく話すかもしれない。それなら、自分から涼花にさっさと話して終わりにした方が、まだましだ。

私は笑い飛ばされるのを覚悟で、占いのお婆様《ばば》に言われた不幸の回避方法と、そのために梅田を頼った旨《むね》を話した。

「ぷっ。さすがは茜。恋人役を頼んだの？　梅田課長に？」

「だってさ。私の知り合いは既婚者《きこんしゃ》ばっかりだし、そんな人たちに頼めないでしょう。梅田なら、今はフリーだって言ってたし」

「そうみたいだね。うん、確かに目の付けどころは良かったかもしれないね。梅田課長、頼り甲斐《がい》あるし」

「でしょ？　そう思ったんだけどねぇ……」

「断られたんでしょ？　梅田課長は、そんなことで女と付き合うようなタイプじゃないからね。たとえそれがふりだとしても、さ」

涼花に言われて、私は渋々頷《うなず》いた。

確かに、梅田は生真面目《きまじめ》なところがある。付き合っているふりをしてほしいというお願いなんて、速攻ノーと言うだろう。

そんなこと、よく考えればわかることなのに、先日の発言は本当にバカだった。私はよほど追い詰められていたようだ。

ズンと落ち込んだ私を見て、涼花は天井を見上げてため息を零《こぼ》す。

「茜の気持ちもわかるけどさ。たぶん大丈夫だよ。占いなんて、滅多《めった》に当たるものじゃないし」

「……梅田にも言われた」

ポツリと呟《つぶや》くと、涼花はふんわりと優しく笑う。婚約してから、彼女の笑顔は一層ステキになった気がする。

「恋人役なら元彼くんが適任でしょう？　彼に頼んで、元鞘《もとさや》に戻れば？　相手は茜と結婚するつもりでいるんでしょ？」

「あのねぇ、涼花。簡単に言ってくれるけど、アイツのことは、もう好きじゃないんだよ。二年前にきっぱりすっぱり忘れたんだから」

「まぁ……そうだろうねぇ」

涼花は意味深な言い方をした。なんだか含みがある気がする。私が真意を尋ねるより先に、彼女は私を元気付けるように明るい声を出した。

「一日一回は災難があるって言っても、今日は何も起きていないんでしょ？」

「まだ一日は始まったばかりだよ」

「茜……」

涼花が心配そうに眉を下げた。私はよっぽど情けない顔をしているのだろう。

月曜日は始まったばかりだ。これから仕事をバリバリやらなくちゃならないのに、こんなに気が抜けた状態じゃ話にならない。

とりあえず占いのことを考えるのはやめて、今日の仕事について考えなくては。

私はパンパンと頬を叩いて、気合を入れた。

「うん、占いなんて信じなきゃ大丈夫。先週がツイていなかっただけだよね」

「そうよ、気にしすぎるのもよくないわ。週も変わったことだし、きっと大丈夫よ」

「だよね」

うんうんと深く頷《うなず》きながら、自分に言い聞かせる。

大丈夫、あれは先週だけのことで、もう大変なことは起こらない。起こらせないわよ、絶対。

災難相手に闘志《とうし》を燃やす私の背中を、涼花はポンと叩く。

「さぁ、仕事、仕事。そしたら、私はもう行くね。あ、今日、お昼ごはん一緒に食べようよ。お昼の時間になったら迎えに行く」

「わかった。じゃあね」

涼花に手を振って見送ったあと、私も休憩室《きゅうけいしつ》から出た。

休憩室がある階には、涼花の所属する営業課もあり、経理課はその一つ下の階だ。

階段を下りて経理課へ向かう途中、踊り場のところで梅田の姿が見えた。どうやら週初めのミーティングが終わったようで、すぐ近くのミーティングルームから、各課の役付きがわらわらと出てきている。

書類を見ながら階段を上ろうとする梅田を見て、なぜか鼓動《こどう》が速くなった。

とにかく土曜日の件はお礼を言うべきだろう。それと、突拍子《とっぴょうし》もないお願いをしてしまったことを謝っておかなくてはならない。

「梅田、おはよう」

そう声をかけようとした瞬間、身体がグラグラと揺れた。どうしたのかと思ったときには、すでに遅かった。パンプスのヒールがポキンと音を立てて折れ、階段の下に向かって身体が傾《かたむ》く。

とっさにどうすることもできず、襲《おそ》いくる痛みを覚悟するしかなかった。

だが、予想していた衝撃《しょうげき》も痛みもない。恐る恐る目を開くと、梅田が私を抱きとめてくれている。

「おい、大丈夫か⁉　松沢！」

梅田の声が廊下に響き渡った。異変を嗅《か》ぎつけた役付きたちもミーティングルームから出てきて、辺りは騒然となった。

放心状態の私を、梅田はひょいと抱き上げた。そして近くにいた私の直属の上司、岩瀬《いわせ》課長に慌てた様子で声をかける。

「岩瀬さんはこのあと急ぎの予定がありましたよね。俺が松沢を医務室に連れていきます」

「ああ、頼む。ケガの状態がはっきりしたら連絡をくれ。病院に行く必要があれば、課の女性に頼んで松沢の荷物を持ってきてもらうから」

「わかりました」

当事者の私を余所《よそ》に、梅田と岩瀬課長の間でどんどん話が進んでいく。私はそこでやっと我に返って、梅田の腕の中で騒いだ。

「ちょ、ちょっと、梅田ってば」

「なんだ？　少し黙っていろよ」

「いや、待って。私、大丈夫だし」

ジタバタと梅田の腕の中で暴れる私を、岩瀬課長が真面目な口調で窘《たしな》める。

「松沢、悪いことは言わない。梅田に医務室へ連れて行ってもらえ」

「いや、でも、課長。こんな大げさにしなくたって……」

ほら、私は元気ですよ。と腕をグルグル回してアピールしたが、それは失敗したらしい。

岩瀬課長が厳しい表情を浮かべ、首を横に振った。課長がこんな顔をしたとき、何を言っても無駄だということを、何年も部下をやっている私は知っている。

「仕事については、気にしなくていい」

「……はい」

私が頷《うなず》くと、岩瀬課長は安心したように深く息をつき、ヒラヒラと手を振って行ってしまった。

それを合図にして、野次馬たちも散らばっていく。そのとき、始業のチャイムが鳴り響いた。

「ねぇ、梅田。課長が席を外していたらマズイでしょう？　私は一人で行けるから降ろして」

「降ろさない」

梅田は営業課の課長だ。こんなことをしている暇なんてない。特に週初めは忙しいはずだ。

彼を安心させなければ、私のせいで迷惑をかけてしまう。

「ねぇ、梅田。本当に大丈夫。ちゃんと一人で医務室行くからさ」

「……」

「ほら、大丈夫！」

岩瀬課長に見せたように、元気だとアピールをしたが、梅田の表情は硬く険《けわ》しい。

あまりの険しさに、こちらまで不安になってしまった。

梅田が眉間に皺《しわ》を寄せたまま、私の足を見る。

「足、腫《は》れてきたぞ」

「へ？」

「右足首、痛くないのか？」

「足首？」

梅田に指摘されて右足首をぐるりと回す。すると、ズキンと、突《つ》き刺されたような痛みが走った。

「い、いたいっ！」

「かなり腫れているぞ。気がつかなかったのか？」

「う、うん。階段から落ちたことにびっくりして……気がつかなかった」

「……」

梅田の眉間の皺がますます深くなる。その表情は今まで見たことがないぐらいに深刻で、とても怖かった。

いつもの梅田じゃない。長年一緒にいるが、こんな彼を見たのは初めてだ。

「とにかく医務室に行こう」

「で、でもさ、自分で歩けるし……」

「歩けるわけないだろう。すぐに冷やした方がいい、このまま行くぞ」

梅田は私を抱き上げたまま、スタスタと早足でオフィス内を進む。通り過ぎる人たちから好奇の視線を送られて、大変居心地が悪い。

私は身体を小さくしながら、改めて梅田を見つめる。

まっすぐ前を見つめる横顔は、やっぱり心臓に悪いぐらいカッコいい。

もともと端整な顔だとは思っていた。だけど、こうして間近で見つめるまで、眉が凛々《りり》しいだとか、睫《まつげ》が意外に長いだとか、目尻のところに小さな泣きほくろがあるだなんて、知らなかった。

先日抱き締められたときにも感じた、苦しくなるほどの胸の鼓動《こどう》。それを上回るほどのドキドキに、途方《とほう》に暮れる。

社内の女子が騒ぐ気持ちが、わかる気がする。

彼女たちにしてみたら、私は面白くない存在だろう。今まで、敵意のこもった目で見られたことがずいぶんとある。

同期とはいえ、年下の女が気軽に「梅田！」と呼び捨て。その上、しばしば会社帰りに飲みに行く。付き合ってもいない女がこれじゃあ、腹を立てられても仕方がない。

今後は自粛《じしゅく》するべきだなぁと考えたとき、あることに気づいた。私は医務室の扉を前にして、梅田のスーツを引っ張る。

「ねぇ！　梅田」

「うん？　医務室に着いたぞ」

「いや、そうじゃなくて、梅田は大丈夫だったの？」

私を抱きとめてくれた梅田も、どこかに身体をぶつけた可能性がある。彼も一緒に診《み》てもらった方がいいかもしれない。

「大丈夫だって。お前、背は高いけど軽いし」

「本当？」

「本当に。大丈夫、つかなきゃいけないところに肉がないから、軽い」

「それはどういう意味でしょうか？　梅田くん」

「さぁ、どういう意味だろうねぇ？」

私は悪びれずにクスクス笑う梅田の頬を、ムギュと摘《つ》まんだ。痛かったのか、梅田は顔を歪《ゆが》めて私を睨《にら》む。

「フンだ。女の子に、そんな台詞《せりふ》を言うヤツが悪いんだよ」

「誰が女の子だ。女の子っていう歳か？」

「歳のことを言うなんて、サイテー」

プリプリと怒る私に、梅田は囁《ささや》いた。

「だってお前はさ。充分、大人の女だろう？」

そう言う梅田の横顔が、あんまり男前で、私はすぐに反応することができなかった。動揺を悟《さと》られるのが恥ずかしくて、慌てて口を開く。

「何よ。褒《ほ》めたって、何も出てこないからね」

「なんだ、残念」

そんな感じで騒いでいると、医務室の扉が突然開いた。

「さっきから、扉の前で何をやっているのよ？」

派手な出で立ちの女性が、腰に手を当てて呆れたように言う。

彼女は産業医の緑山華子《みどりやまはなこ》だ。歳は私よりひとつ下だっただろうか。

前を開いた白衣の下に、身体のラインが強調される赤のトップスを着用し、膝《ひざ》上十五センチのタイトスカートを穿《は》いている。

キレイにカラーリングされた髪を、色気たっぷりの夜会巻きにセットし、化粧もばっちりだ。

非常に派手で医者に見えない彼女は、縁故採用でこの会社の産業医になったと聞いたことがある。

そのせいか、一部の社員以外には愛想《あいそ》が悪いと評判だ。

不機嫌な顔の緑山医師だったが、梅田の顔を見るとガラリと表情を変えた。

「あら、梅田さんじゃないですか！　どうしたんですかぁ？」

彼女はとてもわかりやすい。どうやら梅田に好意を抱いているようだ。

緑山医師の甲高い声に苦笑を浮かべ、梅田は私をだっこしたまま医務室の中に入った。

「彼女、階段から落ちて右足首を捻《ひね》ってしまったようで」

「あら、大変でしたね。そこのベッドに下ろしてくださーい」

「わかりました」

梅田はゆっくりと私をベッドに下ろすと、緑山医師に視線を向けた。

「すみません。営業部に一度戻りますので、彼女を診ていてくれませんか？」

「もっちろんでーす。うふ、梅田さんの頼みでしたら、なんでも聞いちゃいますよ」

媚《こび》を売りまくる緑山医師の態度に、開いた口が塞《ふさ》がらない。

梅田がモテると知ってはいたが、こうもあからさまなアピールをする人間がいたとは、びっくりだ。

彼は困った顔をしている。しかし、内心では色っぽい緑山医師にすり寄られて、さぞかし気分が良いことだろう。

どうせ私は、つかなきゃいけないところに肉がない、残念な女だしね。ふーんだ。

拗《す》ねて口を尖《とが》らせた私の顔を、梅田が腰を屈《かが》めて覗き込んできた。

「おい、大丈夫か？　松沢」

「う、うん……なんとか」

「応急処置をしてもらったら病院に連れて行ってやるから、ちょっと辛抱《しんぼう》しろよ」

「いいって。たぶん捻挫《ねんざ》だし、シップでも貼っておけば治っちゃうよ」

恥ずかしさを紛《まぎ》らわせるためにケタケタと笑う私に、梅田は厳しい表情を浮かべた。

「ダメだ。医者に診《み》てもらおう」

「緑山先生もお医者さんですよね……？」

梅田の後ろに立つ緑山医師に視線を向けると、彼女はツンとすまして頷《うなず》いた。

もちろん梅田に見えないことがわかった上での行動だ。その辺りは計算高い。

緑山医師は梅田が振り向いた途端、キレイな笑顔を作った。

「ええ、医者です。うふふ、大丈夫よ」

顔は笑っているのに、なんだかとてつもなく不安だ。きっと、梅田に世話を焼かれた私に怒ってるんだろうなあ……

嫌な予感を覚えたのか、梅田は緑山医師にやんわりと声をかけた。

「でも、緑山先生。ここにはレントゲンがないでしょう？　もし骨折なんてしていたら大変ですからね。設備のある病院に行った方がいいと思うんですが」

「……そうですね。ええ、梅田さんの言う通りです。整形外科に行って診てもらった方がいいですわね。今は応急処置をしておきましょう」

怒りを押し殺し、うふふ、と愛想《あいそ》を振りまく緑山医師。あっぱれである。

では、と頭を軽く下げて医務室を出ていく梅田に、彼女は色気たっぷりにほほ笑んで手を振った。

パタンと扉が閉まる音がして、緑山医師が私を振り返る。

先程まで満面の笑みを浮かべていた人間が、すっかり不機嫌な表情になっていた。その豹変《ひょうへん》ぶりに、驚くしかない。

「で？　どうして梅田さんに抱えられてきたのよ」

「どうしてって……見ればわかるでしょう？」

捻《ひね》ってしまった右足首を指さす。それを見た緑山医師は薬や包帯が置いてある棚に近付き、ガチャガチャと処置に必要なものを用意し始める。

「カーテンを閉めるから、そこでストッキングを脱いで。処置するわ」

銀色のトレーを持ってベッドに近付いた彼女は、それだけ言うと、シャッとカーテンを閉めた。

よかった、ちゃんと応急処置をしてもらえそうで安心した。私はシップを貼ってもらうため、座ったままストッキングを脱いだ。

「開けるわよ」

「はい」

言葉の直後、カーテンが開かれた。銀色のトレーの上には、氷嚢《ひょうのう》やシップ、包帯などが並んでいる。

緑山医師は、私が痛めた右足首に氷嚢を載せた。

「とりあえず横になってくれる？」

「……はい」

私がベッドに横になると、彼女は右足とベッドの間にクッションを置いた。

「まずは、絶対に動かさないこと。あとは、こうして冷やして、心臓より患部を上にしておくの。包帯で患部の圧迫《あっぱく》をするわよ」

「はぁ……」

「足首を捻《ひね》っただけ？　ほかに痛いところはないの？」

「あ、はい。梅田……課長が受け止めてくれたので」

梅田というキーワードが私の口から出た瞬間、緑山医師は目をクワッと見開いた。怖いぞ、緑山医師。

「ねぇ、貴女《あなた》、松沢さんよね？」

「は、はぁ……そうですけど」

緑山医師は氷嚢を足首から下ろし、今度はシップを貼って包帯を取り出した。包帯で足首を固定しながら、彼女は嫌味たっぷりにほほ笑んだ。

「いつも私の梅田さんの近くをウロチョロと、目障《めざわ》りなのよねぇ」

「私の、梅田さん？」

「あら、間違えちゃったわ。もうすぐ私の梅田さんになる予定なの」

「はぁ？」

これはなんとも……面倒くさい人間に絡《から》まれてしまったようだ。

ズクズクと痛み出した足首を気にしながら、私は心の中で苦笑した。

私が何も言い返さないことで勢いづいたのか、緑山医師はフンと鼻で笑う。

「貴女なんて、色気の『い』の字もないじゃない。胸も真っ平らに近いし。梅田さんがそんなのを気に入ると思っているわけ？　男は大きな胸に弱いものなのよ」

緑山医師は、ぷるるんと胸を揺らし、谷間を強調させて私を覗き込んできた。

いや、待って。梅田も巨乳好きかどうかなんて、私は知らないぞ。

とはいえ、今そんな反論をすれば、もっと厄介《やっかい》な展開にもつれ込みそうだ。ここはだんまりを決め込んだ方がいい。それが最上の解決策だ。

「とにかく、梅田さんは私がゲットするから。貴女は隅《すみ》っこの方にいてくださる？　しゃしゃり出てこないでちょうだい」

「……」

緑山医師は、別に私の上司というわけではない。それなのになんだろう、この上から目線。

女王様気質の彼女は、自分の失礼極まりない態度について、何も思わないのか。

私が嫌な顔をしているのにも構わず、緑山医師の暴言はエスカレートしていく。

「貴女《あなた》、最近、男の人とお付き合いされていないんじゃなくて？」

「……」

「世間ではね、貴女みたいな人を負け犬と呼ぶのよ。男枯れとも言うかしら」

ああ、おかしい、と高らかに笑う緑山医師を見て、口元がヒクヒクと動いた。

私が何も言わないのをいいことに、言いたい放題だ。

これは、喧嘩《けんか》を売られていると判断しちゃって構わないわよね。

ねぇ、梅田。アンタは私に降りかかる不幸を気のせいだって言っていたけど、やっぱりそんなことはないみたいよ。

今日の災難は足首の捻挫《ねんざ》だけじゃなくて、この緑山医師の暴言も含まれるに違いない。全く、ツイていないにもほどがある。

大きくため息をつき反撃しようとした、そのとき——予想もしない人物が、会話に割り込んできた。

「負け犬、男枯れ……まさか松沢のことを言っているんじゃないですよね？」

「う、う、梅田……さ、ん？」

緑山医師が、びくっと立ち上がって後ずさる。慌てすぎて、彼女はベッドの脇に置いていた銀色のトレーを落とした。

ガシャンという音とともに、真っ白な包帯が梅田の足元までコロコロと転がっていく。

彼は腰を屈《かが》め、それを拾い上げた。そしてゆっくり緑山医師に近付き、包帯を差し出す。

「先生、落とされましたよ？」

「……」

笑顔の梅田だが、どこか凄《すご》みを感じる。

どうやら緑山医師も梅田の不機嫌な様子に気づいたようで、彼女の顔からさっと血の気が引いた。

コクコクと頷《うなず》いて包帯を受け取った彼女の手が、微《かす》かに震えている。

私に暴言を吐く最中に、ゲットすると意気込んでいた梅田が突然現れたのだ。緑山医師でなくとも誰だってびっくりするし、顔色を失うことだろう。

そろそろ反論させてもらおうと思っていた私にしてみたら、出鼻をくじかれた感が否《いな》めないが、無駄な争いは避《さ》けた方がいい。

だが、ホッとしていられたのは、それまでだった。

梅田は緑山医師の横を通り過ぎ、私が寝ているベッドの側にやって来た。

「松沢、お前の荷物は、南が運んでおいてくれた」

「え？　どこに？」

「俺の社用車」

「社用車って……梅田、仕事でしょ？　いいよ、タクシーを呼んで行くって」

「俺も今から外回りだったんだ。ついでに病院へ送ってやるよ。営業部長には承諾《しょうだく》を得たし、心配はいらないぞ。帰りは、タクシー呼んでもらうかもしれないけど。悪いな」

「何を言っているのよ。申し訳ないのはこっちの方。タクシーを呼んでくれるだけでいいってば」

梅田は多忙な課長様だ。仕事が山積みだってことはよくわかっている。

土曜日の件でも迷惑をかけたのに、これ以上負担になりたくない。いくら仲のいい同期だとしても、弁《わきま》えなきゃダメだ。

先程思った話だが、私は彼と距離を置くべきだろう。

これは私のためでもあり、梅田のためでもある。

梅田はモテる男だ。女子社員たちは彼とお近付きになりたいはずだし、彼の未来の嫁がこの会社にいる可能性だってある。ただの同期が、その芽を摘《つ》むような振る舞いをするべきではない。

それなのに、私ときたら、なんというお願いをしてしまったのだろう。恋人役をしてほしいだなんて、そんなことを梅田に頼んではいけなかった。

こんな役を引き受けたばかりに、梅田が恋人を作れなくなっては困るし、そのせいで彼が婚期を逃《のが》したら責任重大だ。

梅田は優しいヤツだ。だからこそ、ここは差し出してくれた手を突っぱねる必要がある。

「仕事、忙しいんでしょ。ほら、さっさと外回りに行く！　私はタクシーを呼ぶからさ」

ニッと笑って梅田を促《うなが》すのだが、なかなか首を縦に振ってくれない。

どうしたら梅田を諦《あきら》めさせることができるかと考えていると、突然、私の身体が宙に浮いた。

「ちょ、ちょっと！　梅田ってば、何をやっているのよ？」

「松沢があんまり言うことを聞かないから、実力行使？」

先程と同様、間近で見る梅田はカッコいい。そうじゃなくて、なんでまた私は、彼に担《かつ》がれているのだろう。

「本当に、降ろしてってば、恥ずかしいし……」

「松沢、お前、歩けないんじゃないか」

「……」

私は包帯でグルグル巻きにされた右足首を見て、項垂《うなだ》れる。

少し動かすだけで激痛が走るのに、一人で歩くなんて、たぶんできない。

やっと静かになった私を見て、梅田は嬉しそうに笑う。そして次の瞬間――

「大人しくしていろよ、茜」

「っ！」

梅田が私を名前で呼んだ。こんなこと、今まで一度もなかった。

いつもは「松沢」と苗字で呼んでいたのに、なんで今、名前で呼ぶんだ、梅田くんよ。

私は動揺のあまり、ピクリとも動けなくなってしまった。身体だけじゃない、思考も心も、視線も全部だ。

視界の端に、緑山医師が見える。彼女はムンクの叫びみたいな、凄い顔をしていた。だが、私もきっと、彼女並みにひどい表情のはずだ。

固まったままの私を見て、梅田は優しく目を細める。そういう顔は、好きな人にだけ向けなさいよ。笑顔の安売りは、身を亡《ほろ》ぼすかもしれないんだぞ。

いつものようにそんなことを言いたかったが、無理だ。声が出てこない。

私を担《かつ》いだまま、梅田は振り返って緑山医師に視線を向けた。

「先生」

彼女は、彼に呼ばれたことで呪縛《じゅばく》が解けたらしく、身体をビクリと震わせる。

その後の、緑山医師の変わり身の早さには恐れ入った。彼女は色気をぷんぷんと漂《ただよ》わせ、梅田を誘惑しようと試《こころ》み始めたのだ。

「なんですか、梅田さん」

上目づかいでぷっくりとした赤い唇を緩《ゆる》め、意識的に胸の谷間を見せている。

なるほど、男を手に入れるためにここまでできるものなのか。それなら色気の『い』の字もない私が、男枯れだとか負け犬だとか言われても仕方がないことだ。

私は感心するやら呆れるやらで緑山医師の奮闘《ふんとう》を眺める。しかし、彼女はすぐに梅田に撃沈《げきちん》させられた。

「茜は、負け犬でも男枯れでもないですよ」

「え？」

「だって、俺の恋人ですから」

「っ！」

「恋人がいるなら、男枯れなんて言えませんよね？　それに、茜はゾクゾクするほどいい女ですよ。俺の前、限定でね」

緑山医師の表情がピキッと固まった。そりゃ固まるだろう。私だって固まったさ。

場の空気を凍《こお》らせて満足したのか、梅田はにっこりと爽《さわ》やかに笑った。

＊　＊　＊　＊

硬直してしまった緑山医師を放置し、私たちは会社の駐車場に停めてある営業車に乗り込んだ。

「あはは、いい気味だったな。なぁ、松沢」

「……」

「緑山医師の顔を見たか？　かなり驚いていただろう」

先程から梅田はずっと笑いっぱなしだ。

しかし、散々動揺させられてしまった私は正直、面白くない。彼を無言でジトッと見つめていると、不思議そうに首を傾《かし》げた。

「どうした？　松沢」

黙ったままの私の顔を、梅田が心配そうに覗き込んでくる。

その途端、さっきの恋人発言を思い出し、私は思わずビクッとなった。

やめてよ、それ以上近付かないで。そう言いたかったが、言えなかった。

なんだかもう……心と頭がついていかない。

何も言わない私を見て、梅田は大きくため息をついた。

「お前らしくなかったな、さっき」

「え？」

「あれだけぼろくそに言われたら、いつものお前なら言い返していただろう」

「……」

言い返そうとしたさ。だけど、先に梅田が仕掛けたんでしょ。そんな返答が喉《のど》まで出かけたものの、だんまりを決め込んだ。

もう、いっぱいいっぱいだ。今、口を開いたら、自分でも何を言ってしまうのかわからない。

先程、梅田が緑山医師に言った、私たちが付き合っているという嘘は、すぐに会社中に広まるだろう。

やっぱりこれ以上、梅田の近くにいない方がいい。このままでは、確実に彼に迷惑をかけてしまう。

「梅田は、あんな嘘をついてよかったの？」

「ん？」

「だってさ、緑山医師の前で私のことを恋人って言ったら、会社中にすぐ広まっちゃうじゃない」

私はまあいい。もともと恋愛すらうまくできないし、結婚なんて夢のまた夢。ある意味、諦《あきら》めの境地に立ちつつある。

だけど梅田は、恋愛も結婚も引く手あまたの男だ。それなのにあらぬ噂《うわさ》が立ってしまっては、困るだろう。早々に、嘘だったと訂正するべきだ。そうしなければ、わざわざ私をかばってくれた梅田が浮かばれない。

私が深刻に悩んでいると、彼は人差し指で頬を突《つつ》いてきた。

「俺はさ、悔《くや》しかったんだよ」

「悔しい？」

「ああ。緑山医師に、松沢があんなふうに言われるなんてさ。そもそも、そんな筋合いはないいんだし」

「そうだけど……」

「さっき言っただろう？　お前は充分大人の女だって。色気がないだとか、負け犬だとか、そんなことは全然ないぞ」

「っ！」

「ほら、こっち向けよ」

梅田は私の頬をプニプニと突き続ける。だけど、彼に顔を向けるなんてできない。だって今、私の顔は真っ赤なはずだもの。

耳が熱いから梅田にはバレバレだと思うが、彼の目をまっすぐ見る勇気はない。

恥ずかしくて、どうにかなってしまう気がする。

俯き、赤くなった頬の熱が冷《さ》めるのを待つ私に、梅田は心配そうに呟《つぶや》いた。

「それにさ……今日、階段から落ちただろう」

「あ、うん」

私が頷《うなず》くと、梅田はハンドルに身体を預けつつ息を吐き出した。

「あの光景を見て、ようやく思ったんだ。もしかしたらさ、占いはあながち嘘じゃないのかもしれないって」

「だって、ずっと否定していたのに」

ビックリして顔を上げた私を見て、梅田は「お、やっと顔を上げた」と喜んでいる。

いや、今はそれどころじゃない。

私は前のめりになりながら、梅田の顔を覗き込んだ。

「待ってよ、梅田。占いなんて信じるなってあんなに言っていたのに」

「ああ、言っていたな」

「それなのに、いきなりどういう風の吹きまわしよ！」

アームレストをバシバシと叩いて憤慨《ふんがい》する私を見て、梅田は急に真剣な顔つきになった。

「土曜日にあった事故。覚えているよな」

「うん。看板が落ちてきたことだよね？」

「ああ、そうだ。で、今日は階段から落ちた。こんなに続くと、本当にお前の身が危ない気がしてきたんだ」

「梅田……」

確かに梅田の言う通りだ。偶然で片付けるには、あまりにもできすぎだと思う。

今までケガこそしなかったが、災難はどんどんエスカレートしている。

私は、包帯でグルグル巻きにされた右足を見た。

「その占い師は、男を作れば災難を回避できるって言ったんだろう？」

「そうだけど……」

「だからお前の提案通り、とりあえず俺がお前の恋人のふりをしてみよう。嘘でも効果はあるかもしれない」

「でも、それじゃあ梅田が困るでしょ？」

先週の土曜日、居酒屋『紗わ田』で恋人活動をしてほしいとお願いしたとき、梅田は速攻で断った。それなのに、どうして今になってこんなことを言い出すのか。

首を傾《かし》げる私に、彼は心配そうに瞳を揺らした。

「今日の件で思ったんだよ。これ以上エスカレートしたら、とんでもないことが起こりそうだって」

「やめてよ、そんな怖いことを言わないで」

半泣きになった私の頭を、梅田は乱暴にガシガシと撫《な》でてきた。

脳裏《のうり》に、土曜日の出来事が浮かぶ。今日みたいに、頭を撫でられたなぁと思い出した。

動きは荒っぽいのに、優しく感じる手のひら。全く、梅田は笑顔だけでは飽《あ》き足らず、優しさまで安売りをするつもりか。

彼の気持ちが嬉しくて、私は目尻に溜《た》まった涙を指で拭《ぬぐ》った。

「土曜日もさ、なんとか俺が松沢を助けることができただろう?」

「うん」

「今日は捻挫《ねんざ》にはなっちまったけど、被害を最小限に抑えられた」

梅田の言葉に、私はこくこくと頷《うなず》いた。彼がいてくれたおかげで、大事には至らずに済んでいる。

もし、あそこに梅田がいなかったらと思うと、ゾッとする。

「同期が危ない目に遭《あ》うのを、黙って見ていられないだろ。それに、俺にとってもメリットはあるからな。緑山医師みたいなことを言うヤツにも腹が立っていたし、ああいう女に付き纏《まと》われたら困る。松沢の恋人役をしていれば、少しは静かになるだろ」

「確かに困るよね、あれじゃあ」

緑山医師みたいな女が何人もゾロゾロ纏わりついてきたら、いくら優しい梅田でも、対処しきれないだろう。

だったら、お願いしてもいいのかもしれない。

「本当に、恋活してくれるの?」

梅田の顔をまっすぐに見ることができなくて、私は俯《うつむ》いた。

すると、先程よりも優しく、梅田は私の頭を撫でる。

「その恋活っていうネーミングは、なんとも言えないけど。こうなったら、とことん付き合ってやる」

「本当に、本当にいいの？」

「ああ。今年いっぱいなんだよな？　あと二か月もないし、それぐらいなら、偽《いつわ》りの恋人をやってもお互いに影響はないだろう」

「うん」

「そうと決まれば、徹底的《てっていてき》にやらないとな。これぐらいで松沢が無事でいられるなら、安いものだ」

梅田の言葉が、胸に沁《し》みた。嬉しくて、せつなくて、私は顔を上げることができない。

そんな私を笑うことなく、彼は車のエンジンをかけながら言った。

「松沢、足が痛むか？　すぐ病院に連れて行ってやるからな」

梅田は、私がなぜ黙って俯いたままなのか、わかっている。

だけどそれをあえて言わないところが、彼の優しさだ。私は病院に着くまで、ずっと下を向きっぱなしだった。

＊　＊　＊　＊

「あ、梅田。さっきはありがとう。今、診察終わったよ」

整形外科から出た私は、まずスマホの電源を立ち上げた。電話した先は、タクシー会社ではなく、梅田だ。

本当は、病院を出たらすぐにタクシーを呼んで帰ろうと思っていた。だけど梅田に「岩瀬さんに松沢の様子を報告するように言われているから、終わったら連絡をくれ」と言われたのだ。それなら自分で岩瀬課長に電話すると断ったが、彼は首を横に振った。

「あのな、俺はお前が心配なの。一番心配しているヤツに連絡するのが、筋ってもんだろう」

そんなことを極上の笑顔とともに言われてしまえば、頷《うなず》くほかない。

梅田が心配してくれているのはわかっているため、大事には至らなかったことだけは伝えるべきだ。

それにしても、なんだあの殺し文句は。梅田がかなりモテる理由は、ここにもあるのか。

爽《さわ》やかな笑顔に、優しく気遣いのできる性格。その上、胸キュン必至の台詞《せりふ》をサラリと言えてしまうスペックまで搭載《とうさい》されている。全く隙《すき》のない男だ。

私の考えていることなど露《つゆ》知らず、梅田は心配そうな声音で答えた。

『で、どうだった？』

「ああ、うん。捻挫《ねんざ》だって。レントゲンを撮《と》ったけど、骨には異常なし」

『それならよかった。骨にヒビが入っていると、治るのに時間がかかるしな』

「うん。ただ、少しの間は安静。ギプスまではいかなくても、包帯でかなり固定された。グルグル巻きだよ。動かせないわ」

『まぁ、そうだろうな。捻挫は癖《くせ》になると厄介《やっかい》だと聞くしな』

電話の向こうはとても静かだ。どこかの駐車場にいるのかもしれない。

私は電話をしながら、辺りを見回す。この病院は駅に近く、大通りに面しているため、簡単にタクシーを捕まえられる。

梅田に報告もしたし、このままタクシーで帰ろうと考えていると、彼はとんでもないことを言い出した。

『じゃあ、今、そっちに迎えに行くから。待っていろよ』

「は？」

『は？　じゃなくて。迎えに行くから』

「いや待って、梅田。いいって、アンタは仕事中だし、ここならすぐにタクシー捕まるもの」

これ以上、梅田の手を煩《わずら》わせたくない。彼が目の前にいるわけじゃないというのに、私は手をぶんぶんと横に振った。

『何を遠慮しているんだよ。大丈夫、ここから病院まで近いし、お前の家までだって、さほど時間はかからないだろう？』

「それはそうだけどさ。いいよ、梅田。そこまでしてもらわなくたって、大丈夫だって」

断固拒否の姿勢を貫《つらぬ》こうとする私に、梅田の声が突然厳しいものに変わった。

『うるさい、ごちゃごちゃ言うな。人の厚意には甘えておけ』

「いや、梅田には充分甘えているし……」

『いいんだよ、俺がしたくてしているんだ。それに、さっき岩瀬課長に電話したら、松沢をくれぐれもよろしくって頼まれたから』

「え……なんで、岩瀬課長がそんなことを」

確かに岩瀬課長は、かなり面倒見のいい人だ。入社時から、大変お世話になっている。

だけど、わざわざ課の違う梅田に頼む岩瀬課長の意図が読めない。

首を傾《かし》げていると、梅田は電話の向こうでクスクスと楽しそうに笑った。

『噂《うわさ》っていうのは、広がるのが早いよな』

「へ?」

『まぁ、そういうことだ。とにかく迎えに行くから。待合室の椅子に座っていろよ』

「あ、ちょ、ちょっと待って!」

どういうことなのか聞こうと止めたが、電話を切られてしまった。

こちらに向かうために電話を切ったのだとは思うが、釈然《しゃくぜん》としない。

「全く、一体何が起こっているのよ」

私は一人ブツブツと呟《つぶや》いたあと、松葉づえを抱えた。

梅田は運転中だろうから、電話をかけ直してもきっと出ないだろう。待つしかない。

だが、待合室はとても混んでいて、座れる場所はなかった。それならと、駐車場の近くにある花《か》壇《だん》の横に腰を下ろす。

大げさなまでに包帯が巻かれた右足は、ジクジクと痛む。挙句《あげく》、一週間は松葉づえだ。

当分は通勤も大変かもしれない。さて、どうしようか。

あれこれ考えていると、プッと車のクラクションが鳴った。

顔を上げて音がした方を見たところ、梅田の運転する車が病院の駐車場に入って来ていた。どうやら、本当に病院の近くにいたようだ。

私のすぐ近くで車を停めた梅田は、こちらを見てサッと顔色を変えた。

「おい待て。動くな。そこを動くなよ、松沢」

「え？」

車から飛び出してきた梅田は、ひどく慌てていた。

どうした、梅田。何かあったのか。

私は辺りをキョロキョロと見たが、これといって変わったことはない。

不思議に思っている間に、梅田は鬼気迫《ききせま》る勢いでズンズンと私の前までやって来た。

なぜ、こんなに血相を変えているんだろう。

梅田は心配そうな顔をして、私を見下ろす。

「なんで中に入っていないんだよ」

「え？　だって、人がいっぱいで座れなかったの。それに、ここに座っていれば、梅田の車が来たとき、すぐにわかるでしょ？」

私の言葉に、梅田はばつが悪そうに視線を逸《そ》らす。

「目の前で二回も事故を起こしているから、松沢が心配で仕方ないいんだ」

「そんなこと言われても困るよ。でもまぁ、梅田が完璧に恋活してくれれば大丈夫でしょ」

「それくらいでお前がケガする確率が低くなるなら、いくらでもやってやる」

「その言葉、忘れないでよ。……あ、でも、梅田に好きな子ができたら言ってね。なんとか一人で切り抜けるから」

慌てて言い繕《つくろ》う私に、梅田はフッと力を抜いて笑った。

ちょっと待って。だから、その笑顔の大安売りはやめてよ。心臓に悪いってば。違う意味でまた慌ててしまうじゃないか。

「乗りかかった船だ。最後まで見届けてやるから、心配するな」

「梅田……」

「それより、やると言ったら、とことんやるぞ」

「えっ？」

梅田の言葉の意味がわからず、口をぽかんと開けていると、彼は松葉づえを車に積み込み、私をひょいと抱き上げた。

「ちょ、ちょっと！　梅田。自分で歩ける、歩けるってば。降ろせー！」

「とことんやるって言っただろう？」

「なっ！」

呆気《あっけ》にとられている私に、梅田はニッといたずらっ子のように笑った。

「神様を騙《だま》さなくちゃいけないんだろう？　やれるだけやろうぜ」

「梅田？」

「松沢が無事に過ごごすため、だ。効果があるかはわからないけどな」

そう言って笑う梅田は、物語の王子様みたいにステキだった。

（卒倒《そっとう》していいですか、私）

甘い言葉と笑みで頭がクラクラしてしまう。

偽《いつわ》りの恋人同士となった私と梅田。嘘の関係で災難を回避できるのか不明だが、なんとかなると信じたい。

私はそれ以上抵抗することなく、梅田の腕の中で静かに頷《うなず》いた。

＊　＊　＊

階段からの転落騒動の翌日。私は自分のデスクで残業していた。

「んー、ちょっと疲れたなぁ」

営業部の経費の明細書を手にしながら、凝《こ》り固まった筋肉をほぐすために、肩をグルグルと回す。

時計を見ると、すでに二十時半を回っていた。今日は火曜日。今週が始まったばかりで、残業するのは、さすがにキツイ。

それにしても、昨日は本当にツイてなかった。

まさか占いで予言されていた災難が、ケガにまで発展するとは思いもしなかった。

梅田が踊り場で私を受け止めてくれなかったら、捻挫《ねんざ》だけでは済まなかっただろう。そう考えると、背筋がゾッとする。

しかし、足を負傷すると、いつも通り生活しようとしても不便なことばかりだ。今日一日松葉づえで過ごしてみて、つくづく実感した。

何しろ移動にとてつもなく苦労する。そのため、少しでも歩く距離が短くなるように、通勤を電車ではなくバスに切り替えた。なので、本当は、暗くなる前にさっさとバスに乗って帰りたかった。だけど、後輩の浅井《あさい》さんが昨日から研修に出かけているので、そのフォローをしなければならない。

作業自体は簡単だが、量が非常に多い。

誰もいない経理課のオフィスで、自分のデスク上の蛍光灯だけをつけ、作業を進めていく。暗くなってくると、ちょっとした物音ですら飛び上がるほど怖い。

経理課のスタッフたちは、ケガをしている私を一人置いて帰ることはできないと心配してくれたが、迎えが来るから大丈夫、と嘘を言って帰ってもらった。

「みんな優しいから、ああでもしないとずっと残ってくれそうだしなぁ」

こうして広い部屋に一人きりだと、独り言が増える。万が一誰かが入ってきて聞かれたら恥ずかしいから、自粛《じしゆく》しなくては。

キーボードをリズミカルに打ちながら、書類を捲《めく》る。

明細書の数字を見て、パソコンに入力。この繰り返しだ。

単純作業とはいえ、ミスは絶対に許されない。間違わないようにと集中していた私は、背後に人が立ったことに気がつかなかった。

「茜」

「っ！」

驚きのあまり声も出せず、ビクッと身体を震わせる。聞き慣れた声なので、犯人はすぐにわかった。耳元で囁《ささや》くなんて、本当に意地悪だ。

私はフーと息を吐きだしたあと、椅子を回転させて、その人物を睨《にら》み付けた。

「あのね、梅田。心臓に悪いからやめてよ」

「ははは、悪い、悪い。でも、ここでの返答は『晃』が正解なんだけどな」

「全然、悪いと思っていないよね？」

嫌味たらしく梅田を見つめていると、彼は私のデスクにミルクティーの缶を置いた。

ん？　と首を傾《かし》げる私に、梅田が優しく笑いかける。その笑顔は、パソコンで疲れた目には眩《まぶ》しすぎた。

「差し入れ。少し休憩《きゅうけい》した方がいいぞ」

「ありがとう、嬉しい！」

会社の自販機で売っている甘いミルクティーは、私の大好物だ。さすが、私の好みをよく知っている。

缶のプルタブを開け、ゆっくりとミルクティーを飲む。優しい香りを感じるだけで、疲れが癒《いや》されるようだ。

缶をデスクに置き、うーんと声を出しながら伸びをしていると、梅田が隣の席から椅子を引っ張ってきて近くに座った。

「どうだ？　順調に進んでいるか？」

「ボチボチってとこかな。梅田の方は？」

「俺もあと少し。いつごろ終わりそう？」

「んー、もう帰りたいと思っていたけど……」

時計を見ると、予定していたバスの到着時間が近付いていた。そろそろ会社を出ないと、バスに乗り遅れてしまう。

さすがに、最終バスに乗るほど遅くまで仕事をしていたくない。

手元を見れば、集中して作業したおかげか、山のようだった書類がだいぶ片付いていた。もうひと踏ん張りといったところだ。

あと少しで終わらせる、と言うと梅田の口元が綻《ほころ》んだ。

「じゃあ、一緒に帰ろうか」

「へ？」

「恋人活動の一環だ。三十分後には会社を出るから、それまでには支度《したく》してロビーに来いよ。できるよな？」

「……できるけど」

渋々と答える私に、梅田は笑みを深くした。

「じゃあ、ロビーで待ち合わせな」

「で、でも、誰かに見つからないかな？」

社内で待ち合わせなんてしてたら、どこで誰に見られるかわからない。

ただでさえ昨日、梅田が緑山医師の目の前で恋人宣言をしたせいで、あちこちから好奇の視線や質問を寄せられているのだ。

今の状況だって、もし目撃されたらどう言われることか。

この時間なら誰もいないと知りつつも、部屋をキョロキョロと見回してしまう。そんな私を見て、梅田は苦笑を漏《も》らした。

「あのな、恋人活動を始める前から、俺たちはよくロビーで待ち合わせして、メシを食いに行っていただろう」

「あ……」

「そういうこと。下手に態度を変える方が、あれこれうるさいぞ」

うん、と小さく頷《うなず》いて俯《うつむ》くと、私の頭にほんのり温かいものがのる。びっくりして上を向けば、立ち上がった梅田が、私の頭を撫《な》でていた。

「お前から恋活してほしいって言ってきたんだよな？」

「そうだけど……」

「なら、ドンと構えていろよ。俺とお前は今、恋人同士なんだから」

私の返事を聞かずに、梅田は「じゃあな」と手をヒラヒラと振り、経理課のフロアを出ていく。カツカツという革靴の音が聞こえなくなったあと、私は慌てて両頬を手で押さえた。触れた頬は、とても熱い。

……あれを無自覚にやるのが、梅田の恐ろしいところだ。

私はデスクに置いたミルクティーに視線をやり、深々とため息を零《こぼ》す。

「全く厄介《やっかい》だ。とことんやるとは言っていたけど、ここまでしなくたって」

約束の時間まであと二十分くらい。目標ラインには到達したのでデータを保存し、パソコンをシャットダウンした。そして更衣室に移動し、着替えを済ませる。

急いでロビーに向かったが、すでに梅田はソファーに座って私を待っていた。

彼は、私が来たことに気がつかずスマホを弄《いじ》っている。しかし、顔を上げて私を視界に入れると、スマホをジャケットのポケットにしまい込み立ち上がる。

梅田はこちらに駆け寄り、私のカバンを持ってくれた。

「いいよ、梅田。これぐらいできるからさ」

「バーカ。昨日から俺に遠慮してないか？」

ん？　と顔を覗き込まれて、私は咄嗟《とっさ》に視線を逸《そ》らす。

確かに遠慮はしている。だが、仕方がないことだ。

梅田は誰に対しても掛け値なしに優しい。それはわかっているが、彼の気遣いを素直に受け取っていいものかと悩んでしまう。

恋活をしている今、私と梅田は、傍《はた》から見れば恋人同士に思われるのだろう。

しかし、これは偽《いつわ》りの関係。

ただでさえ迷惑をかけているのに、これ以上甘えてしまったら、バチが当たるかもしれない。

私が考え込んでいると、梅田が声をかけてきた。

「とにかくだ、お前に気をつかわれると、調子が狂うからやめろ」

「なんですって！　私だって少しは気をつかうわよ！」

視線を戻して梅田を睨《にら》むと、彼は甘すぎる笑みを浮かべていた。ドクンと大きく胸が高鳴る。

慌てる私を見て、梅田は目尻に皺《しわ》を寄せて笑みを深めた。

「それでいい」

「え？」

「お前は、それぐらいがちょうどいい。元気が一番似合う」

「っ！」

言葉をなくしている私の背中を、梅田が軽くトンと叩く。さぁ行くぞ、の合図だろう。

私は居たたまれなくなって、彼に促《うなが》されるまま歩き、会社の外に出た。

十一月中旬ともなると、夜はだいぶ冷え込んでくる。私は冷たい風を頬で感じながら、真っ暗な夜空を見上げた。

すぐ隣を歩く梅田は、松葉づえをついている私の速度に合わせてくれている。本当に、エスコートの仕方にそつがない。

こうして改めて観察してみると、梅田は何から何までスマートだ。それが嫌味にならないところは、色男のなせるわざなのだろう。

しかし、あまり優しすぎるのはいただけない。思わず勘違いしてしまいそうになる。

万が一、私が梅田と本当の恋人同士だと思い込んだら、どうしてくれるのだ。

「……怖い」

梅田の優しさに慣れることが怖い。後戻りができなくなる。

私の呟《つぶや》きは梅田に聞こえなかったようで、何も反応はなかった。そのことにホッと胸を撫《な》で下ろす。

街はクリスマスカラーに染まりつつある。店のショーウィンドウなどを眺めながら、梅田はしみじみと言った。

「今年も残りわずかか……一年が経つのは、本当に早いよな」

「だね。あっという間だよ。こうやって転がるように歳をとっていく」

「おいおい、やめてくれよ。松沢は若くていいよな。俺より二つ下だし」

「あのさ、梅田。女と男じゃ、年齢の価値観が違うんだよ」

大きくため息をつく私に、梅田は「そうか？」と首を傾《かし》げる。

彼はわかっていない。男なら三十歳と聞いても「大人だね」で済むが、女の場合は違う。

結婚はまだなのか、するつもりはないのか——そんなことばかり質問されるようになってしまうのだから。

私が唇を尖《とが》らせていると、梅田が苦笑しつつ声をかけてきた。

「晩メシ、軽く食べてくか？」

「んー、そうだねぇ。軽くと言わず、ガッツリ食べたい。お腹減ったなぁ」

梅田が先程差し入れてくれたミルクティーだけでは、さすがにお腹は膨《ふく》れなかった。

私は、早く食べ物をおくれ、と催促《さいそく》するようにグーグー鳴るお腹をさする。

お腹の減りもピークだし、家に帰るまで我慢できそうにない。最終バスに間に合えば帰れるから、ご飯を食べるぐらいならなんとかなるだろう。

そんな私を見て、隣の梅田は楽しそうに笑った。

「松沢はそうでなきゃな」

「え？」

「いや、なんでもない。じゃあ、どこにしようか」

会社付近、夜、ガッツリ。これらのキーワードで思いつくのは一店だけだ。

「「定食屋！」」

私と梅田は声を揃えて、同じ店名を口にした。

『定食屋』とは会社の近所にある、ビジネスマン向けの定食屋さん。

この『定食屋』というのが、そのまま店名なのだ。ご飯はお代わり自由で、お値段もお手頃。料理はおいしいし、お店のおじちゃんとおばちゃんは気さくな人たちだ。店内はちょっとばかり小汚いが、私は全く気にしない。

なんのひねりもなく、『定食屋』と名前をつけたおじちゃんのセンスは、いかがなものかと思うけど。

「松沢なら、そう言うと思った」

「何よ。あの店を教えてくれたの、梅田じゃない」

「ああ、俺だな」

「あそこのごはん、めちゃくちゃおいしいし、ここのところ行っていなかったから行きたい。さすがに、会社の女の子たちとは行けなくてさ」

だろうな、と梅田は頷《うなず》く。

ＯＬが好む店ではないことは確かだ。しかし、二年前、彰久と別れた直後に連れて行ってもらって以来、すっかりファンになってしまった。

もう頭の中は、サバ煮定食にするか、豚の生姜《しょうが》焼き定食にするかでいっぱいだ。

「今日は定休日じゃないよね？　早く行かないと閉まっちゃうよ」

急《せ》かす私に、梅田は苦笑を浮かべる。そして何かを呟《つぶや》いた。

「ん？　何か言った？」

「いや、何も」

私が尋ねても、彼はそう答えて笑うだけだった。

梅田のいつもと違う様子が気になったけれど、今は空腹を満《み》たすことが最優先事項だ。

とにかく、早く行かないと店が閉まってしまう。急がねば。

「ほら、早く。行くよー！」

「はいはい」

私がもう一度急かすと、梅田はどこか嬉しそうに頷いた。

歩くこと五分。少し古ぼけていて、こぢんまりした店構えの『定食屋』に到着した。

暖簾《のれん》をくぐると、店主のおじちゃんの、威勢の良い声が私たちを迎えてくれる。

松葉づえをついて登場した私を見た途端、おじちゃんとおばちゃんは血相を変えた。

「おい、お嬢《じょう》ちゃん。ケガをしてるじゃないか。可哀相になあ」

おじちゃんは、私を〝お嬢ちゃん〟と呼ぶ。お嬢ちゃんなんて呼ばれるには歳をとりすぎているが、おじちゃんから見たら充分若いらしい。

突っ込んだことはあるものの、「何を言っている。可愛い子は、いくつになってもお嬢ちゃんだ！」と主張するおじちゃんを見て、訂正するのをやめた。人の厚意は、ありがたく受け取っておく主義だ。

「まぁまぁ、ほら早く座りなさい」

おばちゃんに椅子に座るように促《うなが》され、私は松葉づえを机に立てかけて座った。

時折残業後に梅田と来ているが、この時間は、他にお客さんがいないことが多い。閉店間際の珍しい客ということで、私と梅田は顔を覚えられている。

店の中を見回したが、今日も私たちの他は誰もお客さんがいなかった。

「おばちゃーん。私、豚の生姜焼き定食ね！」

「はいよ。お兄ちゃんは？」

「んー、俺はサバ煮定食」

あいよー、と威勢のいい返事をしたあと、おばちゃんは厨房《ちゅうぼう》に立つおじちゃんに注文を伝える。

そして私たちに、温かいお茶を出してくれた。

ありがとう、と受け取ると、おばちゃんは心配そうに眉を顰《ひそ》めた。

「どうしたの？　足。大丈夫なの？」

「うん、大丈夫。ただの捻挫《ねんざ》。病院に行ったら、念のために松葉づえを使いなさいって言われただけ」

「それならいいけどねぇ。嫁入り前のお嬢《じょう》さんなんだから、気をつけなさいね」

「はーい」

私は素直に返事をした。すると、おばちゃんは腰に手を当てて梅田を見つめた。

「お兄ちゃん、ちゃんと助けてやりなさいよ？」

「了解です」

ニッコリと笑って手をあげる梅田を見て、おばちゃんも安心したように大きく頷《うなず》く。

「おや、お兄ちゃん、前と比べて……」

「ん？」

梅田がお茶を飲みながら不思議そうに首を傾《かし》げていると、おばちゃんはニタリと笑った。

「お兄ちゃん、雰囲気が変わったんじゃない？」

「……変わりましたか？」

湯呑《ゆのみ》をテーブルに置いて問い返す梅田に、おばちゃんはニタニタしたまま何度も頷いた。

「男前が、より男前になったよ。心境の変化でもあったかい？」

私の目はごまかせないよ、とニシシと笑うおばちゃんを見て、梅田は一瞬驚いたように動きを止める。が、次の瞬間、眩《まぶ》しいぐらいの笑顔を振りまいた。

「ええ、さすがは人生の先輩ですね。お見通しですか？」

「あはは、若造たちの顔を見れば、ある程度はわかるぐらい、歳を食ってるからね」

カラカラと笑って、おばちゃんは厨房の方に行ってしまった。

その後ろ姿を見送ったあと、私はテーブルを指で叩いて梅田を呼んだ。

「何かあったの？」

「ん？」

「ん？　じゃなくてさ。さっきのおばちゃんとの会話よ」

「ああ……まぁな」

梅田は苦笑しながらテレビに視線を向ける。私はもう一度、テーブルをトントンと叩いたが、彼はテレビを見続けていて反応しない。それに痺《しび》れを切らした私は、身を乗り出して言った。

「心境の変化って？」

「内緒」

「何よ、もったいぶって」

口を尖《とが》らせている私を見て、料理を持ってきたおばちゃんは豪快に笑った。

「そういうことを聞くのは野暮《やぼ》ってもんだよ、お嬢《じょう》ちゃん」

「でも気になるよ、おばちゃん」

むくれる私に大笑いしたあと、おばちゃんはテーブルに、豚の生姜《しょうが》焼き定食を置く。

食欲をそそるいい香りに、再びお腹が鳴った。今すぐ食べたいけど、まるで食べ物でごまかされるみたいで面白くない。

食欲か、プライドか。唸《うな》りながら悩んでいると、おばちゃんが私の肩をポンと叩いた。

「さ、早く食べちゃいな。温かいうちが一番おいしいんだよ」

おばちゃんの言葉に続き、梅田も早く食べろと急《せ》かすから、とりあえず箸《はし》を取る。

「……はーい。じゃあ梅田、お先にね」

納得がいかない私だったが、豚の生姜焼きを一口食べたら、細かいことはどうでもよくなってしまった。

やっぱり、おじちゃんが作る豚の生姜焼きは最高だ。

おいしい！　と連呼していると、梅田が注文したサバ煮定食もきた。こちらも、とてもおいしそうだ。

次回は、絶対にサバ煮定食にしよう。

そんな予定を立てながら味噌汁に口をつける。うん、温かくてホッとする。

嬉々《きき》として食べていた私は、梅田がいまだに料理に手をつけていないことに気がついた。

「ん？　どうした、梅田。早く食べないと冷《さ》めちゃうよ」

梅田は割り箸も持たず、ジッと私を見つめている。やましいことなんて何もないのに、なぜかこちらが居たたまれなくなってしまう。

彰久と付き合っていたときも思ったことだが、イケメンはただジッとしているだけでも絵になるし、見ている側が落ちつかなくなるのだ。

平凡な外見の私としては、どう対処してよいものか、かなり悩む。

頼むから、黙り込んでそんな眼差《まなざ》しで見るのはやめてほしい。

私は無理やり笑みを浮かべ、梅田に問いかけた。

「……豚の生姜焼き、食べたいのかい？」

なんとか絞《しぼ》り出した言葉がこれだ。イタい、イタいぞ、私。

心の中で一人、ノリ突っ込みをするが、その間も、梅田は無言で私をジッと見つめ続けている。

無理して笑った私がバカみたいじゃないか。年甲斐《としがい》もなく可愛らしく笑ったのに、何か言いなさいよ。

そんな私の内心を知ってか知らずか、梅田は定食屋という場所には似合わないほど爽《さわ》やかな笑みを浮かべた。

「やっぱりお前はさ、元気なのが一番だな」

その言葉を聞いた途端、箸で掴《つか》んでいた豚肉を、思わず皿に落としてしまった。

どうした、どうした、どうした、梅田。

動揺しすぎて、何度も同じ台詞《せりふ》を繰り返してしまったぞ。

梅田が男前なのはわかっている。だが、こんな甘ったるい彼は、初めて見た気がする。

恋人でもないのに、と思ってから、ふと我に返った。そういえば、今は偽《いつわ》りの恋人同士だった。

それなら、この言動も頷《うなず》ける。

梅田は、恋活を忠実にやってくれているだけなのだ。なのに、私ときたら大慌てして。もう、おバカさん。

「焦《あせ》ったよ、梅田。確かに私たちは恋活中だけど、そういうのは、一声かけてから言ってくれると助かる」

「ん？」

不思議そうに首を傾《かし》げる梅田に、私は大きく頷いた。

「梅田がずっとフリーなのはさ、やっぱりもったいないよ。私との恋活が終わったら、絶対に可愛い子と恋愛しなよ」

もう、心臓に悪いわ、と胸を撫《な》で下ろしたあと、私は再び豚の生姜《しょうが》焼き定食を食べ進める。

そんな私を見て、梅田はなぜか大きくため息をつくと、ようやく割り箸《ばし》を割った。

「ああ、そうするよ」

苦笑まじりで呟《つぶや》く梅田に、私は首を捻《ひね》るのだった。

＊　＊　＊　＊

ご飯を食べ終えたあと、帰る方法を巡って、私と梅田は揉《も》めていた。

「ダメだ。タクシーで送っていく」

最終バスに乗って帰るという私の主張は、梅田によってバッサリ切り捨てられた。

「ほら、お嬢《じょう》ちゃん。悪いことは言わねぇ。兄ちゃんに送ってもらいなって」

「そうよ、その足でバスは大変よ？」

側で聞いていたおじちゃんとおばちゃんまで、梅田に加勢をし始める。

だが、これ以上梅田に迷惑はかけられない。私はおじちゃんたちをやんわりとかわしながらも、言葉の抵抗を続けた。

「まだ最終バスがあるし、バス停は家の近くだしさ。大丈夫だって」

「大丈夫じゃない」

「いや、大丈夫だって。今朝もバスに乗ってきたんだから」

会社近くにあるバス停で乗り、実家付近のバス停で降りるだけ。うん、楽勝だ。

それなのに、梅田は心配そうに私の顔を覗き込んでくる。

「お前なぁ、こんな時間だぞ。バスを降りたあとはどうするんだよ」

「どうするって……松葉づえをついて帰るだけだけど？」

「あのな、少し前に、自宅付近で痴漢《ちかん》騒ぎがあったって言っていなかったか？」

「確かにあったけど、今は犯人も捕まって落ち着いたもの。それに、バス停と実家なんて目と鼻の先だし」

長く見積もったって徒歩で五分程度の道のり。特に大変な距離じゃない。

心配しすぎだよ、とケタケタ笑う私を、梅田が睨《にら》んだ。

「もし、痴漢が出たらどうするんだよ」

「大丈夫だって、走ろうと思えば走れるもの」

松葉づえは、あくまで念のためだ。すでに痛みは治まってきているし、次回の診察が終わればいらなくなるだろう。心配するほどでもない。

大丈夫だと連呼する私に、梅田は不機嫌になっていく。

紳士《しんし》な彼としては、いくら相手が女らしくない私とはいえ、ケガをしている女を一人で帰すことができないのだろう。

だけど、梅田にはすでにこれでもかというぐらい甘えているのだ。

お礼のしようがなくなってしまうので、これ以上は勘弁してもらいたい。

「本当に、そんなに心配しなくたって大丈夫だからさ」

「……」

気を紛《まぎ》らわすために湯呑《ゆのみ》に手を伸ばしたが、その間もずっと、梅田は私を睨みつけている。

お茶を飲むのも躊躇《ためら》われ、すごすごと手を引っ込めた。

沈黙が長い。そして痛い。しかし、そうこうしている間にも、最終バスの時間は近付く。

こうなったら、さっさと帰ろう。そう思うものの、梅田の視線が怖くて動けない。

柱時計を見ると、時刻は二十二時二十分。あと十分弱でバスが来てしまう。どうしよう、と慌て出した私を見て、梅田はニヤリと意味深に笑った。

今まで怒っていたくせに、突然なんだろう。不気味である。

私が訝《いぶか》しげに梅田を見つめていると、店の引き戸を開ける音が聞こえた。

そして一人の男性が店の中に入ってくる。

「春ケ山《はるがやま》タクシーですが」

その人を見て、梅田がさっと立ち上がった。

「はい、ご苦労さまです。さ、行くぞ、松沢」

「は？　え？　い、いつのまに？」

引き戸の外には、一台のタクシーが見える。

ずっと私の目の前にいた梅田がタクシー会社に電話をしていないのはわかっている。

じゃあ一体誰が……と思ったが、すぐにその犯人はわかった。

「おう、お客さんが帰るから頼むよ」

タクシーの運転手に向かってニタニタと笑って言うのは、『定食屋』のおじちゃんだ。私たちの会話を聞いて、こっそりとタクシー会社に電話をしていたらしい。

「さあ、お嬢《じょう》ちゃん、最終バスの時間はもうとっくに過ぎたから、兄ちゃんとタクシーで帰りな」

「え？　だってまだ時間あるよ？」

あと五分はある。バス停まで楽勝に着くはずだ。不思議に思っていると、おじちゃんはニンマリと笑みを深めた。

「ああ、この時計。十分遅れているんだ」

「えぇ!?」

私の声を聞いて、おばちゃんがおじちゃんの背中を勢いよくバシッと叩いた。

「ほら、ごらん！　さっさとネジを巻かないからこうなるんだ。ほら、さっさとやった、やった」

おばちゃんに促され、おじちゃんは脚立《きゃたつ》を持ってきて、柱時計のネジを回し始める。

ギィコギィコという音を聞きながら唖然《あぜん》としていると、おばちゃんが私の背中をポンと叩いた。

「ほら、人の厚意には素直に甘えておくものだよ。それもいい男からの厚意は、買ってでも受け取りな」

「買ってでもって……」

使い方が違うんじゃないかと呆れて笑う私に、梅田が「行くぞ」と声をかけてきた。エスコートすることに慣れている様子が窺《うかが》えて、なんだか面白くない。

「わかった」

ようやく諦《あきら》めて頷《うなず》いた私を見て、梅田はホッと表情を緩《ゆる》めた。

おばちゃんに支払いを済ませたあと、店を出てタクシーに近付く。梅田は私の松葉づえをトランクにしまってから、お姫様を扱うがごとくドア前に控えて、「ほら、どうぞ」と促《うなが》した。まるで執《しつ》事《じ》のようだ。

私に続き梅田も後部座席に乗り込むと、彼は迷わず行き先を告げた。

「春蘭学園方面に、まずはお願いします」

「え？　ちょっと梅田？」

戸惑《とまど》っている私には構わず、タクシーが動き出してしまった。

「ちょ、ちょっと梅田」

「ん？」

「先に梅田のマンションに行こうよ。私の家経由じゃ、梅田の帰る時間が遅くなるよ」

大丈夫、と笑顔でかわす梅田の肩を掴《つか》み、ガクガクと揺する。

「大丈夫じゃない！　明日の仕事に支障が出たらどうするのよ！」

「遅いときは、もっと遅いぞ？　今日はまだ早い方だ」

「もう！　私の意見も少しは聞いてよ！」

これ以上、梅田に借りを作りたくない。どうして目の前の男はそのことを理解してくれないのだ。

あ、そうか。私に対してたくさん貸しを作っておこうという魂胆《こんたん》だな。

それなら、ますます阻止《そし》せねば。私が運転手に行先を変更してもらおうと身を乗り出すと、梅田に腕を掴まれた。

「とにかく、お前を帰すのが先。借りを作りたくないなんて言うなよ？」

「……だって、これ以上甘えられないし」

小さく呟《つぶや》く私に、梅田はクスクスと笑い出した。ムッとして横を見れば、彼が色気だだもれの表情でこちらを見つめている。

「本当にいいのか？　俺の家が先で」

「え？」

「お持ち帰り、するかもしれないぞ？」

それでもいい？　と私の耳元で梅田が囁《ささや》く。その瞬間、ゾクゾクと甘い痺《しび》れが全身を襲《おそ》った。

言葉をなくした私の手に、彼は自分の手を重ねてきた。ああ、もう。どうしてこうなった。

「お持ち帰りされたくなかったら、おとなしくしてな」

それは、殺し文句ですか。間違いなく殺し文句ですね。

火照《ほて》る顔を隠すこともできない状態で、目的地に着くのを待ち続ける時間は、とても長かった。

二十分近く走った頃、自宅の近所に差しかかる。タクシーが自宅に横付けされた途端に、脱力した。やっと心臓に悪い状況を抜け出せる。

安堵《あんど》していると、梅田が手を離して先に外に出た。彼はトランクから松葉づえを取り出すと、ドアの近くに立ち、私に手を差し出す。

「ほら、掴《つか》まれ」

躊躇《ちゅうちょ》する私を見て、梅田は私の手首を掴み、タクシーから降ろした。

「わっ！」

私は驚いて声を上げてしまう。すると彼は、なぜか切なそうに眉を寄せた。

「梅田？」

心配して、声をかけた瞬間だった。掴まれていた手首に、柔らかく温かな唇の感触が――

驚いて手を引っ込めた私に、梅田はゆっくりと笑みを浮かべた。

「じゃあ、明日。会社でな」

それだけ言うと、彼は再びタクシーに乗り込む。そして少ししてから、タクシーが走り出した。

去っていく車が見えなくなったあと、改めて熱くなっている手をジッと見つめる。

今、ここで、梅田が私の手首にキスをした。

私はしばらく立ち尽くして考え込んでいた。

どうして、なんで。そんな疑問ばかりが、浮かんでは消えていく。

残ったのは、焦《あせ》りと、恥ずかしさと、そして怒りだった。昨日の医務室での恋人宣言に続き、今日も振り回されてしまった。

きっと、梅田は私をからかったのだ。そうでもなければ、好きでもない同期にあんな真似《まね》をするわけがない。

「梅田め、いつか仕返ししてやるー！」

たとえ恋活の一環だとしても、やりすぎだ。

とはいえ、これだけ恋活をしたからには、神様が私たちのことを本当の恋人だと錯覚《さっかく》してくれていてほしい。

しかし、災難はなくなるかもしれないが、困り事は増えていく。

耳に、梅田の悩殺《のうさつ》ボイスがまだ残っている。私は、何回も頭を振って、彼の声と手首の熱をかき消そうとしたのだが、どうしても消えてくれなかった。

＊＊＊

梅田にタクシーで送ってもらった翌日の水曜日。足がまだ痛むうえに、心がほわほわして落ち着かない。

原因はわかっている。昨夜、梅田が過激な恋活をしたせいだ。

仕事に集中しているときはいいのだが、ふとした瞬間に、梅田の唇の感触や声を思い出してしまう。そのたびに、壁をドンドン叩きたくなるほどの羞恥《しゅうち》にかられるのだ。

昼休憩《きゅうけい》の時間になり、涼花と食堂に来たものの、昨夜のことが鮮明に蘇《よみがえ》っては、悶絶《もんぜつ》しそうになるのを必死に堪《こら》えていた。

「あそこに空《あ》いている席があるわね。ご飯は私が買ってきてあげるから、先に行って場所を取っておいて」

「了解。ありがとう」

彼女の申し出に頷《うなず》くと、涼花はヒラヒラと手を振り、人でごった返す食券売り場に直行する。

その後ろ姿を見送ったあと、私は窓際にある四人がけのテーブルにやって来た。

松葉づえをテーブルに立てかけ、椅子を引く。そのとき、ふと自分の手を見て、顔が熱くなった。

（梅田ってば、私にキ、キ、キスしたよね……）

手首とはいえ、キスはキスだ。一晩が経った今でも、あの唇の感触を、手が覚えている。

梅田が恋活に意欲的なのは、こちらとしても好都合。これで神様を欺《あざむ》き、災難がどこかに行ってくれたらラッキーだ。

しかし、梅田のおかげで違う問題が浮上してきてしまった。恋愛体質でない私にとって、激しすぎる恋活は身が持たない。

そういえば、彰久と久しぶりに再会した日には、手の甲にキスをされた。あのときも気が動転したが、今回はもっと重傷だ。

そんなことを考えながらモタモタ座ろうとしていたら、立てかけておいた松葉づえが倒れて、床に転がった。

「あーあ、倒れちゃったか」

膝《ひざ》を曲げる動作はいまだにつらい。しかし、このままでは通行の邪魔になってしまうだろう。

体勢を整えながらゆっくりとしゃがみ込もうとすると、誰かが松葉づえを拾ってくれた。

「あ、ありがとうございます」

急いで顔を上げたとき、そこには、昨夜と同じ艶《つや》っぽい笑みを浮かべた梅田が立っていた。

「う、梅田？」

「ほら、茜。気をつけて座れよ」

椅子を引き、私に座るように促《うなが》す様《さま》は、まさにジェントルマンだ。

恥ずかしくなって慌てて座ろうとすると、彼は私の耳元で囁《ささや》いた。

「ダメだろう、茜。気をつけてくれないと俺が心配で仕方ない」

「っ!!」

言葉を失い、真っ赤になっている私に、梅田はいたずらっぽい表情を見せた。

どうした、梅田。これ以上過激な発言は慎《つつし》んでいただきたい。それに、なぜまた名前で呼ぶんだ。

昨日のは、緑山医師への当て付けではなかったのか。

何も言えない私の髪を指で弄《もてあそ》びながら、彼は楽しげにクスクスと笑う。

「う、う、梅田。ここ、食堂だし……みんな見ているから」

突き刺さる視線が痛い。しかし、梅田はそんなことお構いなしだ。

「なんで？」

「な、なんでって……」

「俺が茜の心配をして、何かおかしいか？」

目尻に皺《しわ》を寄せ、甘ったるい笑みを浮かべる梅田を見て、私は卒倒《そっとう》してしまいそうだ。

確かに、徹底的《てっていてき》に恋活をしてくれるとは言っていたが、こんなふうに公衆の面前でする必要はない。神様さえ騙《だま》せれば、それで目的は果たせるのだから。

ここまですれば、きっと今日は、私に災難は降ってこないはずだ。

そういえば、昨日だって何も起こらなかった。これは恋活効果だろうか。

エンジン全開の梅田に対抗することができず、一人慌てていると救世主が現れた。

「ちょっと、梅田課長。さすがに食堂で茜を口説《くど》くのはやめてくださいよ」

「なんだ、南か」

「南か、じゃないですよ。ほら、茜を見てください。卒倒しそうですよ。茜はこういうのに免疫《めんえき》ないんですから、手加減してあげましょうよ。いくら恋活だって言っても、ねぇ」

そう言って私に同情の視線を送る涼花が、女神様に見える。

涼花に感謝の目を向ける私が面白くないのか、それとも彼女に邪魔されたことで機嫌を損《そこ》ねたのか、梅田は不服そうな顔をしている。

「ほらほら、梅田課長もご飯食べちゃってくださいよ。十三時から会議が入っていませんでしたか？」

近くの席に置かれた梅田のトレーを見て、涼花は意地悪い笑みを浮かべる。すると、彼は小さく息を吐き出した。

「じゃあ、邪魔するぞ」

「ええ!?」

梅田は思わず叫んでしまった私をジロッと見たあと、意味深な笑い方をした。

「いいよな。席は空《あ》いているし、活動中だし？」

「いや、待って。そこまでしなくたって……」

私の抗議の言葉を聞かず、梅田は当たり前のように私の横に腰を下ろす。

しかも涼花が、「いいですよ、一緒にランチにしましょう」と勝手に了承してしまった。

私は慌てて涼花を睨《にら》んだが、彼女にそんなものなど通用するわけがない。涼花は素知らぬ顔をして席につくと、さっさと箸《はし》をとった。

私は小さくため息をついたあと、お茶碗を手にして食事を始める。だが、隣から視線を感じ、手を止めた。

チラリと横を見ると、案の定、梅田がニコニコと嬉しそうに私のことを見ていた。

「あのね、梅田。そこまで恋人っぽくしなくてもいいんじゃないかと……」

あまり他人に聞かせたくない内容なので小声で呟《つぶや》く。すると、梅田はフッと優しげにほほ笑んだ。

「俺は言ったぞ？」

「え？」

「やるからには徹底的《てっていてき》に、ってな」

思わず目を細めたくなるほどキラキラしたオーラを放《はな》つ梅田に、もはや何も言うことができない。

私はそのまま何事もなかったように視線を逸《そ》らし、一心不乱にご飯をかき込んだ。

涼花は挙動不審《きょどうふしん》な私を見ると、プッと噴《ふ》き出して梅田に告《つ》げる。

「梅田課長。今、茜を口説《くど》いたとしても、記憶に残るのはほんの一握りですよ。ほら、もういっぱいいっぱいって感じがヒシヒシと」

涼花はこの状況を楽しんでいるとしか思えない。あとで覚えていろ、と心で唱《とな》えながら、私はひたすらご飯を口に運ぶ。

なかなか視線を合わそうとしない私に業《ごう》を煮やしたのか、梅田がツンツンとつむじを突《つ》いてくる。

無視を貫《つらぬ》こうかと思っていたが、梅田の言葉を聞いて顔を上げた。

「そういえば、茜が前に観たがっていたドラマ。実家で録画してあったぞ。ＤＶＤにして俺の家に送ってもらった」

「ほ、本当!?」

一か月くらい前、私が好きな小説が単発ドラマになって放映されたのだが、知らなくて見損《そこ》ねてしまっていた。それをその翌日、梅田に話したら、実家で録画しているかもしれないから聞いてみる、と言ってくれたのだ。

まさか本当に観れることになるとは。梅田のご家族グッジョブです。ありがとうございます。

「金曜日、仕事終わりにうちに来るか？　帰りは車で送ってやるよ」

「行く行く！　行きますとも！」

当分は再放送とＤＶＤ化の予定がなく、半《なか》ば諦《あきら》めていたのに、なんてラッキーなんだろう。

ワクワクしている私に、涼花は呆れた様子で呟いた。

「……行くんだ」

「行くよ。あの作品を見ることができるんだもの。これを逃《のが》したら一生後悔する！」

鼻息荒く興奮気味に言うと、涼花は「ふーん」とニヤニヤと笑うだけで、それ以上は何も言わなかった。

おかしな涼花、とそのときは思ったのだが、彼女の言葉に込められていた意味を、私はあとから知ることになった――

二日後の金曜日。仕事を定時に終わらせて、梅田のマンションにやって来た。

「俺はもう観たし、お前が観てる間にメシ作ってやるよ」

という、彼のありがたい言葉に甘えて、私はテレビの前に陣取っている。松葉づえの私がキッチンで手伝いはできないし、料理は梅田の方が断然上手だ。任せてしまうのが得策だろう。

「梅田のご実家の皆様、本当にありがとうございます」

テレビに向かって深々とお辞儀をしたあと、ＤＶＤプレイヤーのリモコンを手に取り、再生ボタンを押した。

キッチンから顔を出した梅田が、「俺へのお礼がないけど」と笑って声をかけるので、私も明るく答える。

「梅田様のおかげでございます」

梅田の方に身体を向け、さらにハハァーとひれ伏す。低姿勢な私を見て、彼はご機嫌で頷《うなず》いた。

「よろしい」

梅田がキッチンに引っ込むと、すぐにリズミカルな包丁の音が響き始める。

夕ご飯は一体なんだろう？　楽しみだが、今はドラマだ。

食い入るようにドラマを観ていると、突然、背後からギュッと抱き締められた。

胸がドキンと大きく音を立て、身体が硬直する。

プリーズ、ヘルプミー。なぜか英語で助けを求める私は、意外と冷静なのかもしれない。

いや、その反対で、パニックを起こしているのだろうか。

私を強く抱き締め続けている梅田に、私は小声で問いかけた。

「う、梅田？　な、何をしているのかな」

「茜を抱き締めている」

「いや、そ、そうなんだけどね、なんで抱き締めているの？」

「抱き締めたかったから」

いや待って、梅田。そんなことを聞いているわけじゃない。突っ込みたいのに、背中から伝わる梅田の熱が、私の思考回路をおかしくしていく。

緊張はマックスに達し、喉《のど》がカラカラだ。水分が欲しい。いや、今は水分より心の安らぎが欲しい。

「もしかして、もしかしなくても……恋活でしょうか？」

こんな悪ふざけ、いつもの梅田なら絶対にしない。となれば、これも恋活の一環だと考えれば納得がいく。しかし、抱き締められて大丈夫かと聞かれれば、大丈夫じゃない。

心臓が口から飛び出してしまいそうなくらい、ドキドキしてしまう。

密着しているせいで、梅田は私の異様に速い心臓の音に気づいてしまったらしい。私の耳元で、吐息まじりの甘い声を響かせた。

「茜、めちゃくちゃドキドキしている？」

「し、しているさ。だから、そろそろ離してよ」

口調は強気だが、内心は懇願《こんがん》に近い。上擦《うわず》った声は、私の戸惑《とまど》いを映し出しているようだ。

平常心、と自分に言い聞かせ、ゆっくりと梅田の腕を解《ほど》こうとした。だが、力が強くてびくともしない。

時折、項《うなじ》に彼の吐息がかかる。そのたびに、何度も身体がビクッと跳ねた。

過敏に反応する私に、梅田は気がついているはずだ。それなのに、一向に腕を解く気配はない。

困り果てた私は、恐る恐る梅田に声をかけた。

「こ、これだけ恋活をやっていれば、神様も騙《だま》されてくれていると思うよ。もう充分じゃない？」

「そうか？」

「うん。このごろ、昼ご飯だってずっと一緒に取っているし、恋人らしくしているでしょ……？」

だから、神様は私達が恋人同士だと勘違いしてくれるに違いない。

しかし、梅田の見解は全く違っていた。

「全然、恋人らしいことをしていないけど？」

「いや、しているって。現に、このところ災難は起こらないし」

よくよく考えれば、この四日ほど、目立った災難はない。

きっと梅田との恋活のおかげだろう。となれば、これ以上の過剰なスキンシップは必要ないはず。

それをやんわりと伝えたが、私の話など聞いていないのか、彼は行為をエスカレートさせていく。

「つやぁ……ま、待って。梅田！」

項に柔らかな感触が触れた。間違いない、梅田が私の項にキスをしたのだ。その事実を認識すると同時に、私は動転のあまり硬直してしまった。

私が抵抗しないのをいいことに、彼はもっと大胆になっていく。

ねっとりとした舌が項を這《は》い、次に耳たぶをペロリと舐《な》めた。ゾクゾクするほどの快感に、身体が火照《ほて》り出すのがわかる。

思わず喘《あえ》いでしまいそうになるのをグッと堪《こら》え、私は慌てて両手で口を押さえた。

我慢しなくていいのに、とクスクスと笑う梅田が、心底憎らしい。

抗議しようと口から手をどけたが、その瞬間、耳をパクリと食べられてしまった。その上、彼は艶《つや》っぽい声音で「可愛い」なんて耳に吹き込んでくる。

唇と舌で耳たぶを愛撫《あいぶ》され、低く腰にくる声で囁《ささや》かれたら、どうにかなってしまう。

熱を持った私の頬をひと撫《な》でしたあと、梅田はチュッと目尻に軽くキスをしてきた。

「恋活って、〝こいびとかつどう〟の略だろう？　それなら、こういう時間だって必要じゃないか？」

「そ、そんなこと」

「必要、だろう？」

いらないはずだ。そう言いたいのに、言葉にできない。

なぜなら、甘く痺《しび》れた身体が、次の段階を望んでいるからだ。そのことに気がつき、私は愕然《がくぜん》とした。

「もっと、恋人らしくした方がいいんじゃないか？」

梅田の大きな手が、私の身体のラインに沿《そ》ってゆっくりと動く。

いやらしい手つきではなく、羽のようにサラリと優しい、触れているのかわからないほどだ。

それなのに、私の身体は敏感《びんかん》に反応する。なんだか淫《みだ》らな女みたいで嫌だ。

だけど、身体が熱くなっていくのを、自分でも止めることができない。

「茜」

耳元で名前を囁《ささや》かれて、私は一気に脱力してしまった。

ゾクゾクと肌が粟立《あわだ》つ。梅田の体温と匂いが、媚薬《びやく》のように私を甘い官能の世界へと誘っている。

気がつけば、私は彼の手によって身体を反転させられ、床に押し倒されていた。

視界いっぱいに映るのは、髪を少し乱し、色っぽい表情を浮かべる梅田の顔。

こんな男に甘い言葉を囁かれたら、誰もが腰砕けになることだろう。

いや、腰砕けどころか、すでに身体全体が溶けてしまっている。

それなのにこの男ときたら、またもやとんでもないことを言い出した。

「茜、キスしていい？」

「え……？」

一瞬、梅田が呟《つぶや》いた言葉の意味がわからず、私はゆっくり首を傾《かし》げた。

(キスって……キス!?)

やっと言葉の意味がわかったときには、もう……梅田の唇が私の唇を捕らえていた。

「ふっ……ぁっんん」

与えられる、甘くて淫らな刺激に、声を我慢することができなかった。

ドラマはいい場面に差しかかっているが、今の私はドラマどころじゃない。

キスで、こんなに感じてしまうものなのだろうか。とろりと溶け出した蜂蜜《はちみつ》のようなキスに、私は溺《おぼ》れかけていた。

身体の感覚が鈍《にぶ》り、ただただ快感に反応を示し続ける。

「っ……ちょ、ちょっと、梅田ってば」

「まだ恋活の途中だぞ？」

やっと解放されたとき、梅田の唇は、お互いの唾液《だえき》でテラテラと光っていた。それがまた羞恥心《しゅうちしん》を煽《あお》る。

至近距離にいる彼を直視することができず、私はそっと視線を逸《そ》らした。

「こっち向いて、茜」

背中に鈍い痺《しび》れが生まれる。梅田の声だけで、ここまで感じてしまうなんて。

これ以上は無理だと、首を横に振る。しかし、彼は長い指で私の顎《あご》を持ち上げると、再び顔を近付けてくる。そして、私の唇を捕らえ、優しく食《は》み始めた。

「ふぁ……んっぁ」

鼻にかかった甘ったるい声が部屋に響く。自分の声だと思うと、逃げ出したくなるほど恥ずかしい。

梅田の舌は口内に滑《すべ》り込み、何かを探し求めるみたいに動き回る。やがて私の舌を探し当てると、もう離さないとばかりに絡《から》みついた。しかし、それだけでは飽《あ》き足りず、歯列に下を沿わせ丁寧になぞるように動かし続ける。

クチュクチュと聞こえる淫《みだ》らな音が、私の耳も犯していく。

言いようがないほどの快感を与えられ、もっとしてほしいという欲求ばかりが募《つの》っていく。

しかし、梅田は私の唇をゆっくりと吸ったあと、離れてしまった。

名残《なごり》惜しくて、私は思わず眉根を寄せる。

しかし、よくよく考えれば偽《いつわ》りの恋人同士。これ以上は、さすがにマズイ。

それなのに、梅田はじっと私を見つめ、熱っぽく囁《ささや》いてきた。

「もっと茜を味わいたい」

「ま、待って。恋活はこれで充分だと思う！」

「いや、まだ足りないだろう」

「いえ、充分でございます」

ここで拒絶しなければ、もっと先に進んでしまうかもしれない。

絶対に避《さ》けなくては。偽りの恋人同士にしては過激すぎる。

視線を逸《そ》らしたら負ける！　と思い、私はキッと梅田を見つめ続けた。

「茜、お前は全然わかってないな」

「え？」

「どうして俺がお前を家に誘ったと思っている？」

「そ、それは……私がドラマを観たがっていたからでしょ？」

思いついたことをそのまま伝えたのだが、返答としては不合格だったらしい。

梅田は私の返事を聞き、眉間に皺《しわ》を寄せて何か言おうとした。しかし、突然のチャイムの音で動きを止める。

「梅田さん、宅配便です」と玄関の向こうで声がした。どうやら宅配業者がやって来たようだ。

梅田はがっくりと項垂《うなだ》れ、深く息をつき、私を解放して急いで玄関へ向かった。

（た、助かった……）

梅田から逃《のが》れられたことだけじゃない。もっと違うことに安堵《あんど》している。

先程のキスの最中、このまま流されてしまいたい、そんなふうに思っている自分がいたからだ。

もし、あのまま続けていたら、自ら望んで先に進んでいたかもしれない。

「梅田は本当に恋活のために、私にキスしたの……？」

疑問を覚えたけれど、私はその言葉をグッと呑み込んだ。

＊　＊　＊

朝は皆に平等にやって来る。会社へ行きたくない症候群《しょうこうぐん》になった私のもとにも、月曜日の朝がやって来てしまった。

朝食を食べたあと、私は自室で着替えながら、三日前の出来事について考えていた。

先週の金曜は、恋活も楽じゃないと認識させられる夜だった。

梅田のマンションで前々から観たかったドラマを観ていたはずが、恋活を徹底的《てっていてき》に遂行《すいこう》しようとする梅田に、キスをされてしまった。

そのまま流されそうになったとき、グッドタイミングで宅配業者が来てくれた。あれほど宅配業者に感謝したことは、今までにない。

そのあと、荷物を受け取り戻って来た梅田は平常通りの様子で、それ以上私に迫《せま》ることはなかった。気が抜けてしまったのは言うまでもない。

そうして、彼が作ってくれたピラフを食べ、何事もなかったように車で送ってもらった。

そう、何事もなかったように、だ。夢を見ていたのじゃないかと思うほど、あっさりとしていた。

(あれは、梅田の気の迷い?)

土日で一人考えたが、彼の気持ちがさっぱりわからない。

ただひとつわかっていることは、梅田の過剰なスキンシップにドキドキはしたが、嫌がっていない自分がいたということだ。

どうして嫌じゃなかったのか。それを考える余裕は、今の私にはない。

少し落ち着こうと、痛む右足をかばいながらリビングへ下りる。するとそこには、ソファーに座りお茶を飲む彰久がいた。

「……なんで彰久が?」

「おはよう、茜さん。災難だったね。足、大丈夫?」

笑顔を向ける彰久は、私の右足を見て顔を顰《しか》めた。

「えっと、うん」

「もっと早くに来たかったんだけど、先週はずっと九州支社に行っていたんだ。ごめんね」

「あ、そうなの」

心配してくれるのはありがたいものの、どうしてこんな朝早くに、彰久が我が家にいるのだろう。

まだ働かない頭をフル稼働《かどう》させながら、私は彼の向かいのソファーに腰かけた。

「……ってか、なんで知ってるの？」

不思議に思って聞いてみると、キッチンからお母さんの声が聞こえた。

「茜、ちゃんと葛城さんに報告しておきなさいよ。婚約者なんだから」

「いつから彰久が婚約者になったのよ」

「あら、今度正式にお見合いするんだし、結婚は決まったようなものでしょ？」

「決まってない。見合いなんてしないよ」

「あらやだ、この子ったら。ごめんなさいね、葛城さん。茜、素直じゃないから照れているのよ」

おほほ、とお母さんの高笑いが聞こえる。彰久まで、「茜さんが素直じゃないのは知っていますので」と笑い、この場に馴染《なじ》んでいる。

いや、待って。間違いがたくさんあるのだが訂正していいだろうか。頭が痛くなるのを感じながら、私はこの展開について考える。

私のケガについて彰久にタレコミをしたのは、まず間違いなくお母さんだ。きっと町内会長の奥さん経由で話を伝えたのだろう。

せっかく梅田とあれこれ恋活をしているというのに、久しぶりに災難が起きたようである。

やっぱり、にわか彼氏じゃダメってことなのか。人は騙《だま》せても、お天道様《てんとさま》は騙せない。そう言っているのですか、神よ！

ああ、頭がクラクラしてきた。いっそ今日は仕事を休んでしまおうか、そんな考えが浮かんだが、そういうわけにもいかない。

どうやってこの状況を抜け出そうかと考えていると、彰久が車のキーらしきものをポケットから取り出した。

「さて、茜さん、行こうか」

「え？」

「え？　じゃないよ。仕事行かなきゃ。遅れちゃうでしょ？　送ってあげるよ」

「いや、いいって、なんとかなるから。この時間のバスなら人もあんまりいないし、座席に座れるもの」

先日、『定食屋』で必死に主張していた通り、私はケガをしてしまって以来、バス通勤をしている。

自宅から駅までの道のりは坂道などがあるので、松葉づえではきつすぎるのだ。

家のすぐ近くにバス停があるし、会社から近いバス停もある。しかも乗り換えをしなくていいため、今の私にはもってこい。

ただ、ちょうどいい時間に会社に着く便がないせいで、早めに家を出なければならないというのが難点である。

そういえば、通勤のことについては、梅田もかなり心配していた。階段から落ちた日、診察を終えて家へ送ってもらっている最中に――

『朝、俺が車で迎えに来ようか？』

『いい。それに車を置いておく場所がないでしょ？』

と、こんな会話をした。

梅田は自分の車を持っているが、通勤には電車を使用している。会社に駐車スペースがないからだ。

もし、車で送り迎えなんてしてもらうことになったら大変だ。会社付近のコインパーキングを使うとお金がかかるし、朝の渋滞《じゅうたい》に巻き込まれることを見越して、早めに家を出なければならなくなるだろう。

これ以上、迷惑はかけられない、と丁重にお断りしたのだが、梅田はずっと渋っていた。

バス停が家の近所にあるのを見て折れてくれたものの、納得させるのにかなり時間がかかった。

そして、今度は彰久だ。どう説得しようか。

「本当にいいからさ。彰久だって仕事があるでしょ？」

「うちの会社、フレックスタイム制だから、心配いらないよ？」

ああだこうだと押し問答を続けたのだが、お母さんが彰久に味方したこともあり、私は負けた。

全くもう、朝から疲労困憊《ひろうこんぱい》だ。

ご機嫌な彰久を運転手に、無理やり助手席に座らされて揺られることしばらく。

そろそろ会社が見えるという場所まで来て、私はハッとした。

「彰久、ありがとう。ここで降ろしてくれていいよ」

この角を曲がったら、駅から歩いてきた社員たちに見つかってしまう。

慌ててそう頼んだが、彰久は私をチラリと見ただけで、車を停める気配はない。

「ちょっと停まって。本当にここでいい！」

彰久は私の言うことなど聞かず、堂々と正面玄関前に車を進めた。

時刻は通勤時間ど真ん中。ロビーにはたくさんの社員たちがいる。正面玄関に横付けされた車を興味深く見る人、人、人……

「こんなところで降ろされたら、会社の人に見られるでしょうが！」

「だって、それが目的だもの」

「目的って」

「茜さんの気にしている男が、この中にいるかもしれないからね。牽制《けんせい》だよ」

思わずドキッとした。この前、彰久に抱き締められたとき、一瞬、梅田の顔がチラついたことに勘づいた様子だったけど……まさか最初からそれを狙《ねら》っていたのだろうか。

「とにかく、歩けないんだし無理しちゃダメだよ」

「……」

「帰りは、仕事の関係でどうしても迎えに来られないんだ。ごめん。でも気をつけてね」

彰久の優しさを感じたが、この状況は針の筵《むしろ》だ。私は「ありがとう」と小さくお礼を言って、早々に車を降りた。

遠慮のない好奇の視線から逃げたくても、松葉づえのせいで走れない。

なんとかロビーを抜けて、更衣室に飛び込んだ。が、私の出社の様子を目撃した女子社員達が先に色々と話していたようで、居づらい空気だ。

梅田と本当に付き合っているのか、先程一緒に来ていた男との関係はどういったものなのか。

皆が皆、そう言いたげな表情だ。しかし、それに付き合っている場合じゃない。私には他に悩み事がある。

――梅田と顔を合わせたくないのだ。

金曜日に彼のマンションで起きたとんでもない出来事を、いまだに消化しきれていない。

こんな状況で、梅田を前に冷静にしていられるものだろうか。

私は、どうしたら彼から逃《のが》れることができるかを、休みの間ずっと考えていたが、これといった対策案は出てこなかった。

梅田対策だけでも大変なのに、これ以上苦労を増やされたくない。

やっぱり、久しぶりに災難が降りかかってしまったのか。とにかくこの場から逃げなくては。

私はササッと事務服に着替えて、経理課にすっ飛んで行った。が、残念ながらそこも安全地帯ではなかった。

「松沢さーん。おはようございます。研修、無事に終了してきました。仕事のフォローありがとうございます」

私が自分の席についた途端、後輩の浅井さんがのんびり挨拶《あいさつ》をしつつ近寄ってきた。

「おはよう、浅井さん。訂正部分には付箋《ふせん》を貼っておいたから、きちんと目を通して課長に提出してね」

「はーい、わかりました！　それより聞きましたよ？　ふふ、彼氏いないとか言って、ちゃんといたんですね。隠しているなんて水くさーい」

「……」

その場の空気にピシッと亀裂《きれつ》が入ったのに気がつかない浅井さんは、ニコニコ顔のままだ。

(浅井さん、貴女《あなた》は空気が読めないのかな)

周りを見回せば、皆、興味津々《きょうみしんしん》といった感じで、私たちの会話に聞き耳を立てている。

付き合いが長い分、遠慮のない連中が多い経理課が、一番の危険地帯だということに、今更ながら気がついた。

ため息をつきたいのをグッと我慢していたら、浅井さんは能天気に笑って言葉を重ねる。

「車で送ってくれる彼氏がいるなんて羨《うらや》ましいですよぉ！　もしかして、昨夜はラブラブしていたんですかぁ？」

「っ！」

「そういえば、営業の梅田さんとの仲も噂《うわさ》されていますけど、どちらが本命なんですかぁ？」

ここは早く切り上げさせた方がいい。浅井さんにあれこれ詮索《せんさく》されるのは面倒だ。

私は、引き攣《つ》った笑みを浮かべて話をぶった切ることにした。

「さぁて、浅井さん。仕事がんばりましょうか。今日も忙しくなりそうよ」

「はぁい。ちょっと溜まってしまいましたよね。すみませーん」

浅井さんは一瞬残念な顔をしたが、あまり長引かせると怒られると思ったのだろう、頭を下げて席に戻った。

浅井さんからは逃げられたが、彼女が切り込み隊長だと言わんばかりに、経理課の面々より質問の嵐が続いた。しかし、それらの質問にはすべて曖昧《あいまい》に笑ってごまかしておいた。

だって、なんと言えばいいのかわからない。どちらの男も、自分の彼氏ではないのだから。

中途半端に反論すると、噂はもっとややこしくなっていくだろう。ここは徹底《てってい》して口を噤《つぐ》み、さっさと仕事を終わらせて帰るのが得策だろう。

闘志《とうし》を燃やし、いつも以上に早く仕事をし始めた私だが、昼休みを迎える頃には人の噂や視線に疲れて、ぐったりしてしまった。

昼休みを知らせるチャイムが鳴ると同時に立ち上がって営業課に向かい、涼花に助けを求める。

しかし、彼女の言葉はつれないものだった。

「ここにきて、モテ期突入じゃない？」

「冗談でもやめてよ」

人もまばらな営業課の柱の陰から、涼花に小さな声で反論した。

茶化されても大きな声が出せないのは、誰かに見つかったら面倒くさいからだ。

噂《うわさ》の真相を、直接私に聞きにくる猛者《もさ》までいたのだから、たちが悪い。

『梅田課長と付き合っているんですか？』

涼花のもとにたどり着く前に、目に涙を浮かべた可愛らしい女の子に質問されたのだが、どう答えればいいのかわからなかった。

神様を騙《だま》し、災難から逃《のが》れるために梅田と恋活をしている。そう、恋人活動だ。思いっきり恋人らしくするという活動を始めたばかりだ。

あの場での模範《もはん》解答は、「ええ、そうなの」なんて、大人の余裕を全面に出した笑顔での返答だったのだろう。

しかし、しかしだよ。あんなにまっすぐな目で目尻に涙を溜《た》めた女子を前に嘘をつくのは、良心が痛む。私は結局、曖昧《あいまい》に笑ってごまかすしかできなかった。

「かわい子ちゃん、どうか許しておくれ、これは期間限定なんだよ」と何度声に出して言おうと思ったことか。グッと我慢した私を誰か褒《ほ》めてほしい。

「それにしても、どうするのよ？　会社中、茜の話題でもちきりよ」

「知っている……それ以上言わないでよ、涼花」

近くに誰もいないのを確認したあと、私はこっそりと柱の陰から出て、ため息をついた。

涼花は、楽しそうにニヤニヤ笑っている。他人事だと思って、いい気なものだ。

ムッと涼花を睨《にら》んだが、やっぱり彼女にそんな目付きなど通用しない。

「それにしても、まさか元彼と出勤してくるなんてね」

「……」

私ががっくりと項垂《うなだ》れると、涼花は壁にもたれながら遠くを見つめる。

その視線の先を追うと、女子社員たちに囲まれた梅田がいた。

本当に私と付き合い出したのか。二股《ふたまた》をかけられているけどいいのか——そんなことを聞かれているのだろう。

早急に、梅田と作戦会議を開かねば。つじつまを合わせておかないと、いつかどこかでボロが出てしまう。こうなった以上、彰久のことを梅田に話す必要がある。

私が決意をしていると、涼花は思い出したように呟《つぶや》いた。

「ねぇ、茜。今、気がついたんだけどさ」

「何に？」

私が問い返すと、涼花は腕組みをし、難しい顔をした。

「本題の前に一つ確認しておくけど、茜は元彼くんとよりを戻す予定はないんだよね？」

「あったりまえでしょ？　もう昔のことだし。彰久には、近々しっかりと断りを入れるつもりよ」

「……」

「ちょっと、何よ？　涼花」

急に黙り込んだ涼花に先を促《うなが》す。すると、彼女は不安気に私を見た。

「茜さぁ……言っていたよね。占い師の話」

「ん？」

「災難を回避したければ、男を作れだっけ？」

確認するように聞く涼花に、私は大きく頷《うなず》いた。

「そうだよ。それがどうしたの？」

「掴《つか》んだら離すな。名前のイニシャルがAの男だって」

「うん」

「気がついたんだけど、梅田課長も元彼も、イニシャルがAだよね」

「そうよ、ね……」

梅田晃。葛城彰久。どちらも名前のイニシャルはAだ。

この二人のどちらかを掴んだら離すな、とお婆様《ばば》は言ったのだろうか。

困ったように首を傾《かし》げる私に、涼花は淡々と続ける。

「絶対に離すな、間違えるんじゃないって言われたんでしょ？」

水晶占《すいしょう》いのお婆様に、最後にかけられた言葉だ。どういう意味なのか、それを聞きたかったのに教えてくれなかった。

黙ってしまった私の背中を、涼花はポンと叩いた。

「今日、行ってみようか」

「え？」

「その占い師のところにさ。今なら、もう一度茜のことを見てくれるかもよ？」

前回はお婆様の弟子たちに無理やり追い出されてしまったが、日を改めれば占ってくれるかもしれない。

それに、あの謎の言葉の意味も聞きたかった。本当に梅田と彰久のどちらかが、私の運命の人なのか。

現状を話せば、お婆様も助言してくれるだろう。

私は、涼花の提案に頷いた。

「うん。もう一度、占ってもらうっていうのもいいかも」

「そうそう。また違う未来が見える可能性だってあるじゃない。私も付き合ってあげられるからさ」


そして、涼花の言葉に勇気をもらったその日の仕事帰り。

いつもの倍以上の速さで仕事を終えた私は、涼花と占いの館に向かった。だが、私達の気持ちは空回りの結果となってしまった。

「えー、お休み？」

古い館の扉には、臨時休業の張り紙が貼られていた。これではお婆様からの助言は得られない。

「これは、自分で乗り切れということ？」

「……なんていうか、タイミングが悪かったね」

涼花は茫然《ぼうぜん》とする私の肩をポンポンと叩いた。

がっくりと項垂《うなだ》れていると、私のスマホが振動する。

慌てて鞄《かばん》からスマホを取り出す。確認したところ、梅田からのメールが届いていた。

『今どこにいる？　作戦会議だ』

彰久のことについて、何も話さなかった私を怒っているのかもしれない。でも、今、梅田と顔を合わせたら、マンションでの一件のせいで挙動不審《きょどうふしん》になってしまうだろう。

本当は会いたくない。だけど、今回の彰久の件を弁明しておく必要があるのは、重々承知している。私は覚悟を決め、これから合流する旨《むね》を伝えるべく、梅田にメールを送った。

＊　＊　＊

「おい、松沢。お前が二股かけているっていう噂《うわさ》が会社に蔓延《まんえん》しているんだけど」

「……」

「どういうことなのか、説明してもらおうか」

占いの館から、居酒屋『紗わ田』に、涼花と一緒に移動したあと。私は、今、梅田に尋問《じんもん》されている。

はい、すべて私の連絡不足が招いた結果でございます。申し訳ない。

そう心の中で唱えつつ小さく縮《ちぢ》こまり、肩身の狭い思いで項垂れる。

目の前に座る梅田をチラリと見れば、彼は難しい顔で私を見つめていた。

これはヤバイ。いつも温厚な梅田がこんな表情をしているというのは、かなりマズイ気がする。

私の隣に座る涼花が、ますます小さくなる私を見て、助け船を出してくれた。

「まぁまぁ、梅田課長。そんなに怒らないで」

「南は黙っていろ」

「えっと……茜にも事情があったということで、大目に見てやってくださいよ」

涼花がとりなそうとしても、梅田の視線の鋭さは変わらない。

私は、素直に梅田に謝罪をした。

「ごめん、梅田。恋活をお願いしたくせに、重要な情報を伝えるのを忘れていた。っていうか……忘れたかったというか」

「いいから、何があったのか話せ。俺に隠していたことがあるだろう」

「その通りでございます」

深々と頭を下げると、梅田は大きくため息をついた。

「悪かった。怒っていないから全部話せ。な？」

私が心底反省しているのがわかったのか、梅田の声色が少しだけ和《やわ》らいだ。

梅田、と小さく呟《つぶや》きながら顔を上げると、彼はいつものように笑っていた。

私は、心底安堵《あんど》して胸を撫《な》で下ろす。

「梅田に恋活をしてほしいとお願いした翌日のこと、梅田に話していなかったよね？」

「なんだよ……その次の日にも、災難があったっていうのか？」

頷《うなず》くと、梅田は顔を曇《くも》らせて再び眉間に皺《しわ》を寄せた。

彰久について話したら、梅田はどんな反応をするのか。それが心配で苦しいが、ここまできたら言わないわけにはいかないだろう。

「私に見合い話がきてるの」

「見合い？　噂《うわさ》になっている男とか」

「そう。うちのお母さんと結託《けったく》していてさ。朝、家で待ち伏せされた」

「それで、男の車で出勤だったわけか」

うん、と深々と頷くと、梅田は唸《うな》りながら天井を見上げた。

「その男と、すでに見合いはしたのか？」

「ううん、まだ。日を改めてする予定には……なっているみたい」

「それなのに、お前と相手の男はすでに仲良くなったってことか？　噂だと、かなり親しい仲に見えたっていう話だが」

「……」

「松沢？」

私が黙りこくると、涼花が鶏《とり》のから揚げを食べながら口を挟んできた。

「違う、梅田課長。男は茜の元彼。葛城彰久よ」

「涼花！」

「だって、きちんと言っておかなきゃマズイでしょ。梅田課長に恋人役をしてもらうつもりならさ」

「そ、そうだけど……」

もごもごと言葉を濁《にご》す私に、梅田は再びため息を零《こぼ》した。彼はビールを呷《あお》り、若干荒っぽくグラスをテーブルに置く。

その様子があまりに梅田らしくなく、私と涼花は驚いた。

「占いの婆さんからは、男を作れば災難はなくなるって言われたんだよな」

「……一応は」

「それなら、誰だっていいじゃないか。元彼なら気心も知れているし、見合い相手として現れたってことは、あっちは松沢に未練があるはずだ」

梅田の言葉はどこか刺々《とげとげ》しい。やけに苛立《いらだ》った様子で、表情も厳しいものに変わっている。

いつもの梅田じゃない。そう思った途端、私は萎縮《いしゅく》して言葉を失くしてしまった。

「……俺じゃなくたっていいだろう」

「梅田？」

「お前と付き合ったことがある男の方が、松沢も恋活するには都合がいいだろうし。そのまま元鞘《もとさや》に戻ったらどうだ？」

さすがに、この言葉にはカチンときた。

確かに、恋活は私が梅田に頼み込んでやっていることだ。厄介《やっかい》なお願いをしているのは、充分わかっている。

特に今日は、私に二股《ふたまた》かけられていないかとあちこちで心配されたことだろう。

面倒くさいと言われればそれまでだが、そんなにきつい言い方をしなくたっていいじゃないか。

涼花はムンと唇を結ぶ私と、機嫌が悪い梅田を交互に見て、困ったように眉根を寄せている。

いつも仲がいい私と梅田が険悪な雰囲気なのだから、彼女が困惑するのも無理はない。

私はムスッとしつつも、首を横に振って口を開く。

「二年前に終わった関係よ」

「お前が恋愛しなくなったのと、時期が同じだな」

すかさず返ってきた梅田の台詞《せりふ》に、鼻の奥がつんと熱くなった。

「……」

「お前も、その男が忘れられなかったんだろう」

違う、とはっきり言えたらよかったかもしれない。だけど、それは言葉にならなかった。

「松……沢?」

目の前に座る梅田の顔が滲《にじ》んで見える。頬を伝う涙を拭《ぬぐ》うこともせず、私は唇を噛《か》み締めた。

彼は、口をぽかんと開けてびっくりしているようだったが、今はそれどころではない。

「え？　ちょ、ちょっと茜。どうしたのよ」

慌てる涼花に「ごめん帰る」と答えると、私はそのまま鞄《かばん》を引っ掴《つか》んで店を飛び出した。

私の名前を呼ぶ涼花の声が耳に届いたけれど、梅田の声は聞こえない。それが無性に悲しくて、私は手の甲で涙を拭った。

店を飛び出したあと、私はすぐ近くを流していたタクシーを捕まえて飛び乗った。

行き先を告げ、ズクズクと痛み出した右足をさする。明日医者に行く予定になっているが、松葉づえを使わずに走ったことがバレたら、叱られるかもしれない。

人前で泣いたのなんて、いつ以来だろうか。

梅田の言葉がきつくて、怒りを感じたのは確かだ。でも、それだけのはずだ。

なのに、なぜか涙が零《こぼ》れ落ちた。あの涙の意味が、自分でもイマイチよくわからない。

泣き顔を梅田に見せたのは初めてだったから、きっと驚いたと思う。

「あ……」

そのとき、私はあることを思い出し、思わず声を上げていた。

「どうしましたか？　お客さん」

バックミラー越しにタクシーの運転手さんと視線がぶつかった。私は「大丈夫です」と首を横に振ったあと、小さく息を吐き出す。

（松葉づえ、忘れてきた）

梅田が『紗わ田』にいる今、取りに戻ることはできない。

涼花にメールして、『紗わ田』で預かってもらえるようにお願いしてもらおう。

スマホを取り出し、涼花にメールを送ったあとは、流れる景色を意味なく眺めた。

その途中で渋滞《じゅうたい》にはまり、タクシーはなかなか動かなくなってしまった。時折聞こえる無線の声、クラクションの音、工事中を知らす赤いランプ――いつもと代わり映《ば》えのない景色だ。それなのに、どこか感傷的に見えてしまうのは、自分の心が悲しんでいるせいかもしれない。

少し落ち着くと、明日からどうしよう、という不安が込み上げてきた。

梅田との恋活の件も、彰久のことも。どれも厄介《やっかい》な出来事ばかり。

とりあえず、家に着いたらお風呂に入ろう。今の私には、もうちょっと心を落ち着かせる時間が必要だ。

あと十分程度で家に着くだろうか。それまでは、もう……何も考えたくない。

私は、ゆっくりと目を閉じた。

しかし、そのとき脳裏《のうり》に浮かんだのは、あの水晶《すいしょう》占いのお婆《ばば》様の顔だった。

先程涼花と行ったときには臨時休業の張り紙がしてあったが、なぜか今ならお婆様がいるような気がした。

「運転手さん。すみません、次のところを右に曲がってもらえますか」

「右ですか？」

「はい。県道沿いにある、水晶占いの館という建物に行ってください」

考えるより早く、私は自宅ではなく占い館がある方向を告《つ》げていた。

タクシーは私の自宅と真逆の方向へ走り出す。再び外の景色を眺めていると、涼花からメールが届いた。

婚約者が車で迎えに来るそうで、松葉づえは彼女が持ち帰ってくれるという。明日、取りに来てくればいいという返事に、私は胸を撫《な》で下ろした。

『ありがとう、これからもう一度占いの館に行くつもり』と返信する。

メールを送信した直後、私はスマホの電源を落とした。

あんな態度をとった私に、梅田が連絡してくるとは思えないが、もしかしてということもある。

今、梅田から電話やメールが来たとしても、何も答えられないだろう。早めに連絡手段を断ち切ってしまった方がいい。

電源を落としたスマホを、そのまま鞄《かばん》にしまい、私は再び流れる景色を眺め続けた。


「お客さん、この辺りでいいですか？」

「はい、その建物の前で止まってください」

タクシーが夜の闇を走ること二十分。怪しげな建物の前にたどり着いた。

お金を支払ったあと、右足をかばいながらタクシーからゆっくりと降りる。

タクシーがそのまま走り去ってから、私は背後にある占いの館を振り返った。

先程涼花と来たときは臨時休業の張り紙がしてあり、館は閉まっていた。だが今はその張り紙もなく、館に明かりがついている。

どうやらこの館の主である、水晶占いのお婆様がいるようだ。

しかし、すでに営業時間外だ。こんな時間に扉を叩こうものなら、前と同様にお婆様の弟子たちに摘《つ》まみ出されることだろう。

だけど、どうしても今、お婆様《ばば》に助言をもらいたい。

断られることを覚悟して重厚《じゅうこう》な扉を叩こうとすると、車のライトが私を照らした。

目を凝《こ》らして見たところ、館の前に一台のタクシーが停まっている。そこから降りてきた人物を見て、私は思わず叫んでしまった。

「梅田!?」

その場に立っていたのは、先程私のことを怖い顔で尋問《じんもん》した梅田だった。

まさか彼が来るだなんて思ってもいなかった私は、言葉を失くして立ち尽くすしかない。

ゆっくりと私に近付いた梅田は、松葉づえを差し出した。

「バカ。今、無理したら長引くぞ」

ほら、と松葉づえを差し出された私は、それを恐る恐ると受け取りお礼を言った。

「……あ、ありがとう」

さっきの涼花からのメールでは、彼女が預かってくれるとあったのに、一体どういうことなんだろう。

私が困惑していると、梅田がポツポツと事情を説明してくれた。

「南にお前の居場所を聞いて、すぐに追いかけた。見失わずに済んだな」

少しだけ頬を緩《ゆる》ませて、梅田は微《かす》かに笑う。

しかし、そのあとは無言のまま、彼は私をジッと見つめている。その視線に、居たたまれなくなって俯《うつむ》いた。

今は正直、梅田とは会いたくなかった。あんなふうに泣いてしまったら、梅田だって何も言えなくなるだろう。

元はと言えば、すべて私が悪い。せっかく私を心配して恋活をすると言ってくれた梅田に対して、裏切るような行為をしたのだから。

元彼について言いにくかったとはいえ、最初から梅田には包み隠さず話すべきだった。

梅田に彰久との件を話さなかったのは、自分で解決しなければならないことだと思ったからだ。それに、彰久の存在を梅田に知られたくなかった。それがどうしてなのかは、今でもわからない。

占いの館近くには他に建物はなく、街灯の明かりだけが頼りだ。薄暗い中、私の視界に映るのは梅田の端整な顔。沈黙が二人の間に落ち、重苦しさが漂《ただよ》う。

梅田は何も聞かない。あの涙のことも、見合い相手で元彼の彰久のことも。それが何よりもつらい。

黙ったままの私に、梅田は扉の横にある看板を見て呟《つぶや》いた。

「ここなんだろう？　水晶《すいしょう》占いの婆さんがいるのって」

「……うん」

私が小さく頷《うなず》くと、梅田は突然、館の扉をドンドンと叩き出した。驚いて目を見開く私を余所《よそ》に、梅田は扉の向こうに呼びかける。

「すみません。どなたかいらっしゃいませんか？」

大声で叫びながら、彼は扉を叩き続ける。私は呆気《あっけ》にとられて動けなかったが、我に返って梅田の腕を掴《つか》み、その行為をやめさせた。

「どうしたのよ？　梅田」

「お前は、ここの婆さんにもう一度占ってほしくて来たんだよな？　それならお願いしてみよう。さっきもここに来たんだろう」

「うん……」

「で、そのときは不在だった。でも、今は……」

梅田は光が零《こぼ》れている部屋を見上げた。今ならお婆様《ばば》がいるかもしれない。しかし、出てきてくれるだろうか。

迷う私に、彼は優しい視線を送り、再び扉を叩き出した。

「夜分遅くに申し訳ありません。どなたかいらっしゃいませんか？」

返事はない。だが、梅田はまだ扉を叩き続けている。

そろそろ諦めた方が……、と声をかけようとしたときだった。突然、扉がギギギッと鈍《にぶ》い音を立てて開いた。

「うるさいねぇ。夜も遅いのだからお黙り！」

館の中から出てきた水晶《すいしょう》占いのお婆様が、私と梅田を不機嫌そうにギロリと睨《にら》みつけた。

すかさず部屋の中を見たが、どうやら弟子たちはいないらしい。

私の行動の意図がわかったのだろう。お婆様は、フンと鼻息荒く言った。

「今、弟子たちはいない。私だけだ……ほら入れ」

お婆様は、私たちに中に入るように顎《あご》で促《うなが》した。が、そのまま突っ立っている私たちに、鼻を鳴らす。

「お前さんたちが来ることはわかっていた」

言われた瞬間、ドキッとした。問い返す声が上擦《うわず》ってしまう。

「ど、どうして？」

「アンタ、私をなめているだろう。水晶には何もかもが映るのだ」

お婆様はニヤリと笑うと、梅田に視線を向けた。

「とにかく、アンタもお入り。話はそれからだ」

そう言うと、お婆様は館の奥へ歩いていく。私と梅田は顔を見合わせたあと、お婆様のあとについていくことにした。

通されたのは先日と同じ、異様な雰囲気が漂《ただよ》う部屋だ。私たちは緊張しつつも、おずおずと入室する。

「さて、そこに座りな」

水晶の前に座ったお婆様は、私たちに椅子に座るように促した。椅子に腰かけたことを確認してすぐ、水晶に被《かぶ》せてあった布を恭《うやうや》しく取る。

が、お婆様は水晶玉を覗き込まず、梅田の顔を見て、訝《いぶか》し気に眉を顰《ひそ》めた。

「アンタ、名前は？」

「梅田ですが」

「下の名前を聞いている」

「晃です」

梅田の名前を聞いたあと、お婆《ばば》様は大きくため息をつき、私の顔をジロリと睨《ね》めつける。

その眼光の鋭さに、私は内心震え上がった。

「私のアドバイスを取り間違えたな」

「え？」

「確かにイニシャルＡの男だと言った。だが、間違えないでとっ捕まえろとも言ったはずだ」

「えっと、ちょっと待ってください。梅田は別に、恋人っていうわけじゃ……」

何を言い出した、この占い師。

確かに今、梅田には偽《いつわ》りの恋人役をやってもらっている。だが、正式な彼氏ではないし、とっ捕まえた覚えもない。

訂正しようとすると、梅田に制止された。彼は、水晶《すいしょう》を見つめ始めたお婆様に問いかける。

「水晶には、松沢の未来はどう映し出されているのですか？」

「今のところはダメだね。災難だらけだ」

「俺が相手では、松沢が災難を回避できない、ということですか？」

「ああ。アンタ以外に、イニシャルＡの男が周りにいるはずだよ。そいつだな」

そう断言した占いのお婆様を、私は茫然《ぼうぜん》と見つめた。

お婆様が言う〝イニシャルＡ〟の男。それはきっと、彰久のことなんだろう。

梅田には、涼花が『紗わ田』で彰久の名前を伝えたから、お婆様が指摘している男が誰なのか、わかるはずだ。

梅田は無表情でお婆様を見つめている。

「では、その男と一緒になれば、彼女は災難を回避できるんですね」

「そういうことだな。そいつが、この女の運命の相手となるはずだ」

水晶玉を再び布で覆《おお》い、お婆様は何やら言っていたが、私の耳には何も入ってこない。

ただ、布を被《かぶ》った水晶玉を睨《にら》み付けるだけしかできなかった。

そのあとの記憶はほとんどない。気がつけば私は館の外に出ていて、夜空を見上げていた。

漆黒《しっこく》の空は、私の心を映し出すみたいに、どんよりとした雲が星の光を遮《さえぎ》っている。

「タクシーを呼んだから」

占いの館を出ると、梅田はすぐにタクシー会社に電話をかけ、そう呟《つぶや》いた。それ以上は何も言わず、痛いほどの沈黙が続く。

松葉づえを持ち直したり、夜空を眺めたりしてこの沈黙をやり過ごしたが、気まずさは消えない。

私は大通りを見つめ、タクシーが早く来てくれるように願うしかできなかった。

お婆様の言葉は、私にとんでもないショックを与えた。

イニシャルAの男とは彰久のことで、彼と一緒にいれば災難は回避されるらしい。その上、私の運命の人だとも言われてしまった。

彰久からのプロポーズを受け入れれば、災難とはおさらばできるだろう。しかし、それを嬉しく思えない。

私は、少し離れた場所で壁に寄りかかっている梅田を見る。

街灯の明かりはあるが、ここからでは彼の表情はよくわからなかった。

彼が、占い師のお婆様《ばば》の言葉を聞いて、どう思ったのかが気になって仕方がない。もう恋活をしなくて済むと喜んでいるのだろうか。

(喜んでいるよね……)

私は、自虐的《じぎゃくてき》な笑みを浮かべた。

面倒を押しつけられて、梅田だっていい迷惑だったはずだ。

彼は優しい。優しいからこそ、災難続きの私を見放すことができなかった。

内心、「これで解放される」と思っているに違いない。なのに、今も尚《なお》、私は梅田と恋活がしたいと望んでしまう。

彼は占いの館をジッと見つめたまま、沈黙し続けている。私も何も言わない。いや、言えない。

どうしてこんなに苦しいのか。それは、さっきのお婆様の言葉を聞いていてわかった。

(私は、好きなんだ。梅田のことが、好きなんだ……)

偽《いつわ》りの恋人役を演じるのに尻込みをしていた梅田だったが、私のことを考えてお願いを聞いてくれた。

勘違いしそうになるほど、彼は優しかった。何度も、本当の恋人同士みたいだと思っては、首を横に振って否定してきた。

はっきり言って、恋活は面倒くさかっただろう。

それなのに、梅田は真剣に恋人役を果たしてくれた。これで惚れない女がいたら、お目にかかりたい。

(好きだ、どうしよう)

この気持ちを今、彼に告《つ》げたらどうなるのか。試してみたいけれど、とても怖い。

会社の同期という枠から外れるには、かなりの勇気が必要だ。それを覚悟して臨《のぞ》まなければならない。だけど、その覚悟は残念ながら今の私にはない。

「ねぇ、梅田」

何を言うべきか思いつかないまま、私は、ずっと占いの館を見つめている梅田に声をかけた。

沈黙が痛くて、つらい。ただ、少しでも会話が欲しかった。

しかし、梅田からの返事はない。

焦《じ》れてもう一度声をかけようとしたとき、車のヘッドライトが私たちを照らした。

眩《まぶ》しくて目を細めていると、目の前に車が停まる。梅田が呼んだタクシーが到着したらしい。

「お電話くださった梅田さんですよね?　どうぞ」

後部座席のドアが開き、運転手が私たちに声をかけてきた。それに返事をしたあと、梅田はやっと私の方を向いた。

彼は無表情で、何を考えているかわからない。だけど、どこか緊張した雰囲気だけは伝わり、いつもの梅田じゃないことは理解できた。

梅田は、立ち止ったままの私の腕を掴《つか》んだ。

「ほら、行こう」

「……うん」

小さく頷《うなず》く私を見て、梅田はホッとしたように息を吐く。安堵《あんど》した、そう言わんばかりの様子に、落胆《らくたん》を隠せない。

今日は何も言わないでおこう。そう思ってタクシーに乗り込んだが、いつまでたっても梅田が乗り込む様子はなかった。

「どうしたの？　梅田、早く乗りなよ」

私が声をかけても、梅田は一向に動こうとしない。一体どうしたというのだろうか。

空《あ》いている座席を見つめながら、彼は笑った。

「俺はこのまま地下鉄の駅まで歩く。ここからなら近くにあるし」

梅田の返答に、私は言葉を失った。が、すぐに我に返って声をかける。

「え？　なんで」

「……」

「梅田？」

返事がないことに焦《じ》れて声を大きくすると、彼はそっと苦笑を浮かべた。

「もう……俺たちは、ただの同期に戻った方がいい」

「え？」

その言葉に、私は目を大きく見開いた。

動揺する私を余所《よそ》に、梅田は表情を変えずに言葉を重ねる。

「恋活は、今日でおしまいだ」

「梅田？」

「さっき占いの婆さんから言われただろう。お前は元彼のところに戻った方がいい」

身体が震える。今、まさに失恋を体験しているのだろうか。

私は、自分自身の身体をギュッと抱き締めた。

「恋活するのが面倒くさくなった？」

ポツリと呟《つぶや》いた私の言葉は、涙声だった。

梅田はそれに気がついたらしく、一瞬戸惑《とまど》ったように身じろぎする。だけど、止まらなかった。

「そうよね、こんなの面倒くさいに決まってる。さっさと解放されたいもんね」

「バカ！　違う」

すぐに否定した梅田だったが、私は首を横に振る。

私の心は折れてしまった。梅田はもう、私のことを見てくれない。面倒くさい同期なんて、いらないんだ。

今までみたいな同期になんて戻れない。梅田は大丈夫でも、私は……無理だよ。

「ありがとう、梅田。ものすごく助かった」

「松沢」

「どうしようもないことを頼んで、本当にごめんね」

それだけ梅田に告《つ》げると、私は前を向いた。

「出してください」

涙声の私をバックミラー越しに見た運転手は、「わかりました」とだけ答え、扉を閉めタクシーを発進させた。

＊＊＊＊

「おい、松沢」

「……」

「松沢茜！」

「はひぃぃ！」

驚いた私の口から飛び出したのは、なんともまぬけな声だった。

「あれ？」

自分の置かれた状況が理解できず、私は首を傾《かし》げる。

昨夜、梅田と別れてからの記憶が定かではないが、今日もきちんと出社して、いつものように仕事をしていた。

そういえばたくさんの人でごった返していたオフィスは、やけに静かだ。それに電気も消えて、真っ暗になっている。

あれっ⁉　いつの間にこんな時間に⁉　……おかしいなぁ、定時には仕事が終わったはずなのに。どうして私は、ここに一人座っているのだろうか。課の皆はいつ帰ったのかなあ……

「おい、本当に大丈夫か？　松沢」

再び声をかけられて、やっと自分のすぐ近くにいる人物が、岩瀬課長だと気がついた。

「すみません！　気がついたら夜でした！」

慌てて岩瀬課長に答えたものの、どう考えても説明になっていない。

呆気《あっけ》にとられた様子の岩瀬課長だったが、ふいにクツクツと肩を震わせて笑い出した。

「全く。松沢は入社当時から変わらないな」

「え？」

「君は、悩み事があると周りが見えなくなるらしい。新入社員のときも、時間が経つのも忘れて悩んでいただろう」

「あ……」

思い出した。会社に入って半年ほど過ぎた頃のことだ。

仕事を教えてくれていた先輩とそりが合わなかった私は、当時とても悩んでいた。

その先輩は右も左もわからない私に仕事を教えてくれず、「適当に調べてやって」と突き放すのに、私がミスをすると、仕事ができていないと散々叱る人だった。

そのときの課長は、私と先輩がこじれているのに気づいていないので、フォローに入ってくれない。途方《とほう》に暮れていた私を助けてくれたのは、当時は主任だった岩瀬さん。

岩瀬さんが他の先輩に、それとなくフォローを頼んでくれたおかげで、私は仕事を覚えることができたのだ。

岩瀬さんには、今も頭が上がらない。

「どうした？　梅田と喧嘩《けんか》でもしたか？」

ハッと息を呑む私に、岩瀬課長はクスクスと笑い出した。

「ついこの間まで梅田と仲良しこよしだったのに、突然様子が変われば、おかしいと思うだろう？」

「そう、ですよね」

ああ、と頷《うなず》く岩瀬課長に、私も困ったように笑った。

「社内では、松沢が二股をかけているなんて噂《うわさ》があるけど……違うんだろう？」

「え？」

「松沢はそういう真似《まね》をするヤツじゃない。竹を割ったような素直な性格だ。そんな器用なことができるはずがない」

きっぱりと言い切る岩瀬課長に、私は口を尖《とが》らせる。なんか、単純に褒《ほ》められたのとは違うよね、今の。

「それだけじゃないぞ。意外に内面はナイーブで、臆病者《おくびょうもの》だ」

「っ！」

「違うか？」

その通りだよ、こんちきしょー。サバサバした態度とこの容姿のせいで、気の強い女ってイメージが強いけれど、本当は臆病者だ。

今まで、いい雰囲気になっても恋に発展しなかったのは、単に私が逃げていただけ。

友達みたいにしていれば、私の弱い部分を晒《さら》さずに済むと、どこかで思っていたのだろう。

いつの間にか女として見てもらえなくなるというパターンの繰り返しは、自分がわざと引き起こしていたのだと、今ならわかる。

だけど、どうせ突き放されるのなら、梅田に本当の気持ちを言ってしまえばよかった。それができなかったのは、いつものように臆病風が吹いたからだ。

肝心《かんじん》なときに女々しくなるのは、どうにかならないものか。せっかく気の強い女というイメージがあるなら、それを崩さない振る舞いをしたいものだ。

「事情はよく知らないが、梅田も相当落ち込んでいるぞ？」

「まさか！」

思わず笑ってしまった。梅田が落ち込む必要は全くないはずだ。

恋活なんて面倒くさいことから免《まぬが》れ、晴れて自由の身になったはず。喜びこそしても、落ち込む要素はどこにもない。

カラカラとわざとらしく笑う私に、岩瀬課長は困ったように肩を竦《すく》めた。

「今日一日だけで、営業部のエースとは思えないほどのミスを連発しているらしい。一体、アイツはどうしてしまったんだろうなぁ」

「……」

あの梅田がミスを連発って、どう考えてもありえない。岩瀬課長が言っていることが本当ならば……大丈夫かな、梅田。

「早く仲直りをして、梅田の悩みを解消してやってくれないか？」

「な!?」

すっとんきょうな声を出した私に、岩瀬課長は口の端をクイッと上げた。

この笑みを浮かべたときの岩瀬課長には、絶対服従。これは経理課での暗黙のルールだ。

それを今、発令しましたね？　岩瀬課長。しかし、だからと言って、今さらどの面下げて梅田に会えというのだ。

会わなくても、気軽に「どうしたの？」とメールすればいい。だけど、今はとても、梅田に連絡を取る気分になれない。

悶々《もんもん》と考え込んでいる私を眺めながら、岩瀬課長は意味深に笑う。その笑顔が怖くて、私は身震いをした。

「梅田があの調子じゃ、オリーブ・ベリーに明日はない」

「え、っと……そのぉ」

確かに梅田はオリーブ・ベリー営業部のエースだ。それは誰もが認める事実である。

しかし、営業部を支える社員は梅田だけじゃない。後輩だってしっかりした人材が揃っているのを知っている。

そう答えると、「口答えはよくないねぇ、松沢」と岩瀬課長は笑みを浮かべたまま、黒いオーラを放《はな》った。

やばい、逆鱗《げきりん》に触れたかもしれない。

「俺には可愛い家内も、子供もいるんだよ」

「はいぃぃ、存じております！」

背筋をピシッと伸ばし、敬礼でもするような勢いで返事をした私を見て、岩瀬課長は眉間に皺《しわ》を寄せた。

「会社がダメになる。俺の収入もなくなる。うちの家計が破たんする。家族は離散する。さぁ、どうしてくれる？」

「さすがに考えすぎでしょうよ、岩瀬課長」

私が顔を引き攣《つ》らせていると、岩瀬課長はわざとらしく大きなため息をついた。

「可愛い後輩が苦しんでいるのを見るのは、忍びないんだよな」

「えっと……」

「松沢なら、梅田を元気づけることができるはずだ」

「いえいえ、とんでもないです」

「謙遜《けんそん》するな。梅田と松沢は同期の中でも一番仲がいいだろう」

それは昨夜までの話であって、「その関係はもろくも壊れました」とは言いにくい。

言葉を濁《にご》す私に、岩瀬課長は笑った。

「松沢にしかできない。間違いなく」

「え？」

「梅田を立ち直らせるには、松沢の力が必要だってこと。やっとアイツにも春が来たと思っていたのにな。何やっているんだか、梅田のやつ」

「梅田……誰か好きな人がいるんですか？」

好きな人はいないと思っていたのに。そう考えた途端に、ズキンと胸の奥が痛んだ。

梅田が幸せになるのを望んでいたのは私だ。しかし、自分の気持ちがわかった今は、とても同じことを祈れない。彼が可愛い女の子と恋をしているのを想像するだけで、暗い気持ちになってしまう。

ああ、私はなんてイヤな女なのだろう。それに、好きな女の子がいたのなら、尚《なお》、申し訳ないことをしてしまった。ズンと落ち込んでいると、岩瀬課長は再び、盛大にため息をついた。

「あのなぁ……松沢、今年で二十九歳だったよな」

「岩瀬課長。女性に歳の話をするのはセクハラとみなしますよ？」

「いい大人が、本当に気がついていないのか？」

「だから、何が言いたいんですか!?」

しつこいですよ、と岩瀬課長に言うと、彼は天井を仰《あお》ぐ。

「梅田は三十一歳だったよな」

「そうですけど」

それがどうしたんですか、と首を傾《かし》げる私に、岩瀬課長はげんなりとした表情を浮かべた。

「どいつもこいつも。いい大人のはずなのになぁ……」

その言葉の意味は、どうしてもわからなかった。

＊　＊　＊

岩瀬課長の言葉に釈然《しゃくぜん》としないものを感じたまま、数日が経とうとしていた。

私がいまだ梅田に連絡していないことに、岩瀬課長は気がついているようだ。しかし、物言いたげな顔をして私を見るだけで、何も言わない。

岩瀬課長は会社が潰《つぶ》れるかもと心配していたが、それは大丈夫だろう。

梅田の上司である営業部長は、とても優秀な方だ。梅田の尻拭《ぬぐ》いをしっかりとしてくれるはず。

（大丈夫、オリーブ・ベリーは潰れない）

心の中で呟《つぶや》きながら、いつも通りの業務をこなしていく。

そしてある日、梅田が彼らしくないミスを連発しているという噂《うわさ》が、とうとう私の耳にも届いてきた。

（一体どうした。営業部のエース！　輝かしい業績が泡と消えてしまうぞ）

そうは言っても、大きなミスをしたわけじゃないようなので、少しホッとした。

ただ元気がなくて、ケアレスミスを起こしているというだけらしいけれど、よく知る人物がおかしな変化を見せると、誰もが心配になるものだ。

特に梅田は仕事ぶりにしても、外見にしても目立つから、余計に人の視線を集めてしまうのだろう。

私も、いつもなら彼に連絡して様子を窺《うかが》うところだが、今はできない。

別に喧嘩《けんか》別れしたわけじゃないから、会おうと思えば会える。しかし、失恋の痛みが取れるまでは、梅田とは会いたくない。

アイツの顔を見て、今まで通りに接するのは、絶対に無理だ。とにかく、私には時間が必要だろう。

幸いなことに、梅田に恋活をやめると言われてから、災難らしい災難は起きてない。

だが、あの日、水晶《すいしょう》占いのお婆《ばば》様に二回目の占いなんてしてもらわなければよかった。占いの館に行かなければ、今ごろ、まだ梅田と恋活をしていたはずだ。

すでに手遅れだとわかっているが、後悔ばかりが私を襲《おそ》う。

仕事が終わり駅に向かう途中、あちこちで幸せそうな人たちの笑顔を見つけた。

十一月も終わりに差しかかり、街はクリスマスカラーで彩《いろど》られている。今年も残りわずかだ。

街はどこか浮かれ気味で、通行人たちも心なしかはしゃいでいる。

その中で、ポツンと一人で沈んでいるのは私だけかもしれない。ダメだ。思考がネガティブになっている。私らしくもない。

「よし、気を取り直して何もかも片付けてやる！」

私は駅のすぐ近くで一度足を止めると、鞄《かばん》からスマホを取り出し、『話したいことがあります。時間ありますか？』と打って、彰久にメールを送った。

どうせ、決着をつけなきゃいけないと思っていたところだ。そろそろ彰久と見合いをさせようと、お母さんが町内会長の奥さんとあれこれ話しているのは知っている。だけど、これは当人同士の問題だ。自分たちで決着をつけるべきである。

私は、覚悟を決めた。

これからもずっと、梅田が私の心の大半を占《し》めたままになることはわかっている。

その彼に恋人ができて、結婚して、子供が生まれて……。そんな幸せな姿を直視できるかどうか、今の私にはわからない。

だけど、いつかは今までと同じ、仲の良い同期に戻れたらいいなと思う。

「その前に、決着をつけてこようか」

彰久に、はっきりと断りを入れる。

梅田が好きだと自覚してから、私はずっと考えてきた。

水晶占いのお婆様は、彰久が私の運命の人であり、災難を回避することができる唯一の人だと言った。

だけど、いくら災難に見舞われるといっても、そのためだけに彰久とずっと一緒にいるというのは、違う気がする。

数分もしないうちに、『駅前にあるツリーの前にいて』という簡素なメールが彰久から届いた。

私は、コートの襟《えり》を少し立て、街を見回す。

煌《きら》びやかなイルミネーションが彩る街は、華やかで、にぎやかだ。空気は冷たく乾燥しているけれど、その光にはどこか温かさを感じる。

私は、キラキラした風景を眺めながら、息を吐き出した。

不安や寂《さび》しさ、戸惑《とまど》い。そんなものが白い息となって消えていけばいいのに。

（そう、消えていけ。全部消してしまえ）

今までの出来事も、占いの結果も全部なかったことにしてしまえ。

そうすれば、梅田との関係ももとに戻る。同期で、気心が知れた仲間。そんな関係に戻れるのに。

私は夜空を見上げた。暗い空には雲が広がっていて、月も星も見えない。

今の私の状況にそっくりよね、と自虐的《じぎゃくてき》な笑みを浮かべて小さく呟《つぶや》いた。

（占いなんてクソくらえだわ！）

「今年一番の災難だったな……」

彰久との再会や、捻挫《ねんざ》のことでもない。

これらの出来事なんて、ちょろいものだ。

一番の災難、それは——梅田との関係が変わってしまったこと。

（梅田……）

彼を思い浮かべた途端に、涙が滲《にじ》んできた。こんな街中でいい歳をした女が泣いていたら、いい見世物だ。

私は歯をグッと食いしばって、再び夜空を見上げる。

ジングルベルの曲を遠くに聞いていると、また会いたい人の顔が浮かびそうになる。だが、すぐに頭を振って打ち消した。

彰久とのことで、梅田に助けを求めるのは筋違いだ。

駅前のクリスマスツリーの下に足を運んだが、彰久が到着するまでには、時間がかかるかもしれない。

辺りを見回すと、ファストフード店が目に入った。二階席からツリー付近を一望できそうだ。

私はその店に足を運び、コーヒーを購入したあと、二階の窓際にあるカウンター席に座って眼下を眺めた。

色々と考え込みながらコーヒーを飲むこと十五分。彰久から『どこにいる？』というメールが届いた。

ツリー付近に視線を向ければ、彰久が辺りを見回して私を探しているのが見える。

『目の前のファストフード店にいる』とメールを送ると、すぐに彰久がこちらに向かって歩いてきた。私は席を一階へ移し、コーヒーをもう一つ買って椅子に腰かけ直す。

彰久は私の姿を見つけ、ゆっくりと手を上げて近付いて来る。彼は私の隣の席に座ると、笑顔で口を開いた。

「ごめんね、茜さん。少し待たせちゃったね」

「いいよ。急に誘ったのは私の方なんだし」

「話があるんだよね？　場所、移動しようか。ご飯食べに行こうよ」

「ここでいい。ほら、冷《さ》めないうちにどうぞ」

彰久に、先程買っておいたコーヒーを差し出した。それを手に取り、彼は苦笑する。

「茜さんらしいよね。相変わらずサバサバしてる」

「そう？」

コーヒーを一口飲み、私はカラカラと笑った。

私がどうして食事を断り、ファストフード店でいいと言ったのか。その理由がわかったのだろう、口を尖《とが》らせた彰久を、私はカップに口をつけたままじっと見る。

「もう、俺とは会わないつもり？」

彼の言葉を聞いて、コーヒーをテーブルに置いた。

「やっぱりダメだったか。二年前、無理やりにでも一緒に連れて行くべきだったかな」

眉を下げ、困ったように笑う彰久を見て驚いた。

私の知る彰久は、いつも飄々《ひょうひょう》としていたので、こんな表情を見るのは初めてな気がする。

「茜さんが好きすぎてね。怖かった……」

「彰久？」

「二年前、茜さんが俺に不信感を抱き始めていたことには、気がついていたよ。他の女の子にも優しいって、茜さんは不満だったのかもしれないけれど、茜さん以上に優しくしているつもりはなかった」

表情を歪《ゆが》める私を見て、彰久は寂《さび》しそうに笑う。

「茜さんの気持ちを引き留めたくて、あれこれ足掻《あが》こうとしたけど、タイミング悪く転勤が決まってしまったんだよね」

「……そう」

「本当は力ずくでも連れて行きたかった。でも、もう一度断られるのが怖くて逃げ出した。それなのに、向こうに行っても茜さんのことばかり考えていたよ」

コーヒーが入った紙コップを両手で包み込み、彰久は遠くを見つめた。

彼の視線の先には、カップルがいた。二人とも幸せそうな笑みを浮かべ、しっかりと手を繋《つな》いでいる。

そのほほ笑ましい光景は、今の私たちとは対照的だ。

彰久も同じことを考えていたのだろう。彼はカップルから目を逸《そ》らして俯《うつむ》いた。

「海外に行って、どんな女を見ても、茜さん以上の女なんていなかった」

「彰久」

「突然の再会は神様からのプレゼントだと思ったよ。だから悪足掻きしちゃったんだ。女々しいって笑ってもいいよ」

肩を落として項垂《うなだ》れる彰久に、私は何も言えなかった。

悲しげな顔は彰久に似合わない。アンタは飄々としていて、いつでも自信満々じゃなくちゃダメだよ。

私は泣きそうになるのをグッと堪《こら》え、彼をまっすぐ見つめた。

「彰久と一緒に過ごしていた、二年前の私はここにはいないよ」

「うん、それはなんとなく気づいていた」

彰久はため息まじりに呟《つぶや》き、コーヒーを一口飲んだ。熱かったようで、顔を少し歪《ゆが》める。

「好きな男がいるんだよね？」

震えている彼の言葉に、私は小さく頷《うなず》いた。

今日は彰久とサヨナラする覚悟でここに来た。はっきりと気持ちを伝えた方がいい。それは彼のためでもあり、私のためでもあるから。

「いる」

「やっぱりそうか。……もう、両想いなの？」

「ち、違う」

「じゃあ、これから告白するってこと？」

「そ、それは……」

言葉を濁《にご》す私を見て、彰久は何か勘づいたらしい。彼は呆気《あっけ》にとられていたようだが、次の瞬間、大笑いした。

「茜さんは恋愛下手だよね」

「ぐっ……」

「告白しないつもり？　好きな気持ちはずっと胸の内に秘めておくってこと？」

「うっ……」

言葉を詰まらせる私を見て、彰久は小さく呟く。

「相変わらず、変なところで頑固《がんこ》だね。茜さん」

「うるさいよ！」

「それで我慢できるわけ？　その男が他の女と結婚するのを、ただ見ているだけなの？」

彰久が急に攻撃的になった。先程までは弱っていて、思わずこっちが泣きそうになっちゃったのに。

唇を噛《か》む私に、彼は容赦《ようしゃ》なかった。もう一度同じことを聞いてくる。

「茜さん、我慢できるの？」

「……」

「それで一人で泣くわけだ。何もしないくせに悲劇のヒロインを気取るんでしょ？」

「うるさい……うるさいよっ！　なんにも知らないくせに、エラそうな口きかないでよ！」

ここ数日の鬱憤《うっぷん》を晴らすように、私は大声で叫んでいた。

店内の視線が私に集まったのに気付きつつも、彰久への抗議を止めることはできなかった。

「仕方ないでしょ！　占いのお婆《ばば》様に言われたんだもん。彰久が運命の相手だって」

「え？」

「今年中、災難が続く。もしそれを回避したいのなら、彰久とよりを戻せって言われたんだよ。しかも梅田と一緒にいるときに」

「……」

「梅田にも、彰久とよりを戻せなんて言われるし……そんな人に、好きだとか言えるわけない！」

ハァハァと肩で息をする私を冷静に見つめていた彰久は、小さく息を吐き出した。

「で？」

「え？」

足を組み替えながら、彰久は私に視線を向ける。その眼差《まなざ》しはとても厳しいもので、ビクッと肩が震えてしまった。

「俺のこと、運命の男だと認識しておいて振るわけだ、茜さんは」

「……」

「でもさ、茜さん。俺とよりを戻せば災難を回避できるんでしょ？」

「そう言われたけど……」

「それならよりを戻そう。そしたらハッピーになれるよ？　だって茜さんは、梅田さんっていう人に振られたようなものでしょ？」

真正面から言われると、ぐうの音《ね》もでない。

その通りよ。私は梅田に振られたも同然だ。だって、彼は私が彰久と元鞘《もとさや》になることを望んでいるのだから。

鋭利《えいり》な棘《とげ》がグサリと私の心を貫《つらぬ》く。ぐっと唇を噛《か》み締める私に、彰久が顔を近付けた。

「茜さんは、その男を諦めるつもりなんだろう？　俺にしておかない？」

「な、なに言って……」

「お互い好き合っていた者同士なわけだし、すぐに気持ちは戻ってくると思うよ。それに、俺と一緒にいれば、災難だって起こらないんだよね？」

「占いで、そういう結果が出たってだけよ」

「でも、その占いを信じてしまうほど……茜さんの身に、悪いことが起きていたんだろう？」

この捻挫《ねんざ》も、その一つなんじゃないの、と彰久は私の足を指さした。

「俺が傍《そば》にいなくて、本当に大丈夫？」

「……」

彰久には強がってみたものの、確かにこのあとも災難が続く可能性はある。私はやっぱり占いを突っぱねることができない。

災難が降りかかるというのは今年いっぱい。大晦日《おおみそか》までは、まだまだ日にちがある。回避するために、彰久に泣きつくというのも手だろう。だけど……

「それはダメ。他の男の人が好きなのに、彰久と付き合うことはできない。ごめん」

私が頭を下げると、彰久は私の肩を掻《か》き抱いた。

「もっと俺を利用したっていいのに。俺は喜んで茜さんを守るよ？」

ギュッと抱き締められて、彼の体温が伝わってくる。

私は肩に回された腕をやんわりと外し、彰久をまっすぐ見つめた。

「ありがとう。でも、それだけは無理だよ」

「……そう言うと思った。やっぱり俺は茜さんが好きだよ」

「彰久？」

「だから、俺は諦《あきら》めない」

「へ？」

何を言い出したのだ、コイツは。

呆気《あっけ》にとられている私に、彰久はニヤリと人の悪い笑みを浮かべた。

「茜さんが梅田さんを振り向かせる努力をしなければ、俺は今度こそ茜さんを掻《か》っ攫《さら》う」

「っ！」

彰久は私の手にあったスマホを取り上げ、不敵に笑う。

「梅田さんを呼び出してみようか」

「バカなこと言っていないで、早く返して！」

しかも、このタイミングで着信音が鳴り出した。

「ちょっと！　返しなさいよ！」

「やだ」

「やだ!?」

手を伸ばしても、私より腕が長い彰久からスマホを奪《うば》うことはできない。

どうにか取り返そうとしていると、彰久はディスプレイを見て口の端を上げる。

その笑みは、まさに悪魔。なんだかマズイ展開になっていないか？

彰久にディスプレイを見せられた私は、一気に青ざめた。そこに表示されていたのは、梅田の名前。

万事休す。

鳴り続ける着信音を聞いて、冷や汗が背中を伝った。

「この梅田さんって人、さっき茜さんが言っていた男だよね？」

「ち、ちがーう！」

「じゃあ、俺が出ても構わないよね？」

シレッと言う彰久は、すっかりいつもの調子を取り戻した様子だ。

さっきまでの萎《しお》れた彰久は、どこに行った？

この状況は、絶体絶命ってやつに違いない。

私は、諦めずに彰久に飛びついた。だが、彰久はニヤリと笑うだけで、スマホを返すそぶりも見せない。

「さぁ、茜さん。覚悟はいいかい？　梅田さんに告白して守ってもらうか、俺とよりを戻すか」

「な、何よ！　その選択肢は？」

「二択だよ。迷うことなくズバッと決めてくださいね。茜さん」

なんだ、それは。これがいわゆる『究極の選択』っていうものなのか。

歯ぎしりしながら考え込んでいる間も、ずっと着信音が鳴り響いている。

ああ、もう、どうしたらいいんだろう。焦《あせ》る私を余所《よそ》に、彰久は勝手に通話ボタンを押した。

「もしもしー。こちら松沢茜さんの電話でーす」

「ちょ、ちょっと！　彰久！」

私が止める間もなく、彰久は電話に出てしまった。がっくりと項垂《うなだ》れる私を横目に、彰久は電話の相手に声をかける。

しかし、彰久の反応は意外なものだった。

「あれ？　梅田さんじゃないよね。君は誰？」

「へ？」

私がスマホに登録している梅田は一人だけ。不思議に思って彰久を見上げると、彼は私と視線が合った途端、クスクスと笑い出した。

「ああ、なるほど」

「ちょっと、彰久。電話代わりなさいよ」

腕を掴《つか》んで揺すってみても、彰久は私を無視したままだ。なんだか和《なご》やかな雰囲気なんだけど、一体、誰なんだろう。というか、どうして梅田の番号で梅田以外の人からかかってくるの？

「あはは。まいりましたね。そうか、貴女《あなた》も梅田さんの味方なんですね」

「彰久ってば！」

「大丈夫。……ええ、わかっています。そこまでバカじゃないですしね」

「ねぇってば！」

「了解です」

ピッという電子音とともに、彰久は電話を切ってしまった。

「ちょっと、彰久。一体誰からだったのよ？　人の電話に勝手に出るのはマナー違反よ！」

「ごめんごめん」

「絶対に、悪いだなんて思っていないよね」

ギロリと睨《にら》み付けると、彰久は舌を出した。

さらに文句のひとつでも言おうとした途端、彼は突然立ち上がり、コーヒーのカップを片付け始めた。突然の行動に唖然《あぜん》としていると、彰久は困ったようにほほ笑んだ。

「ねぇ、茜さん。俺は振られちゃったけれど、茜さんを心配する権利ぐらいはあると思うよ。ちゃんと、梅田さんと話をしてほしいな」

私は小さく息を吐き出したあと、彰久を見上げた。

「その気持ちには感謝する。だけどね、彰久。世の中、無理なことっていっぱいあると思わない？」

「茜さん」

「さっきも話したけど、私はすでに梅田に拒絶されたわけ。臆病者《おくびょう》だし、再びアタックなんてできないのよ」

「……」

彰久が真剣な顔をして私の話を聞くのを見ていると、なぜか視線を逸《そ》らしたくなってしまう。

彼が正直な気持ちをぶつけてくれるのに、私は逃げている。

その自覚があるから、彰久の眼差《まなざ》しが余計痛いんだ。

「茜さんらしくないよ」

「え？」

「梅田さんに拒絶されて、それで尻尾《しっぽ》を巻いて逃げ出したんでしょ？」

彰久の言う通りだけど、頷《うなず》きたくない。だけど彼はそんな私の気持ちなどお見通しらしく、ゆっくりと笑みを浮かべる。

「ぶつかってごらんよ。俺の好きな茜さんは、こんなことでへこたれない人だもの」

「勝手ばっかり言って……」

「うん、ごめんね。だけど、茜さんに幸せになってもらいたいっていう、俺の気持ちも汲《く》んでほしいな」

困ったように眉を下げる彰久を見て、私はもう何も言えなかった。

「できれば、このまま茜さんを連れ帰りたいと思っている」

「っ!?」

「それをグッと堪《こら》えているんだ。俺と行きたくなければ、彼に気持ちを伝えるって、負けないって約束して」

まっすぐこちらを見つめる彰久の瞳に、厳しさと優しさを感じる。いつの間にか、私の頬に涙が零《こぼ》れていた。

小さく頷いた私を見て、彼は一瞬手を伸ばそうとしたが、すぐに引っ込めた。

「梅田さんは『紗わ田』っていう居酒屋にいるから」

そう言いながら、彰久は私にスマホを返す。

「さようなら、茜さん」

「さようなら、彰久」

別れの言葉を告げると、彰久は振り返ることなく店を出て行った。

その後ろ姿を見送ったあと、私は『紗わ田』へ向かう。『紗わ田』は駅前のファストフード店からは目と鼻の先だ。

店の前で、ひとつ深呼吸をしてから中に入る。キョロキョロと店内を見回し、梅田の姿を探した。

店の奥に進むと、半個室の座敷《ざしき》で壁にもたれて俯《うつむ》いている梅田がいる。その脇には、困り顔の涼花と、営業部の後輩女子の姿があった。

私は驚きながらも靴を脱ぎ、座敷に上がる。

しかし、こんな泥酔《でいすい》状態の梅田を見たのは初めてだ。

「はぁー、本当に茜を説得してくれたんだ。元彼くん」

そう呟き、私の顔を見て心底安心したように表情を緩《ゆる》めたのは、涼花だった。

彼女の隣の後輩女子も、明らかにホッと胸を撫《な》で下ろしている。

「梅田課長がここまで酔っぱらうのなんて初めてでさ。本当、どうしようかと思っちゃったわ」

涼花は首を傾《かし》げて言いつつ、不安げに梅田を見た。女の子二人だけで、このあとどうしようかと悩んでいたのだろう。その気持ちはわかる。わかるけれど……

「どうしてこうなったのよ、涼花」

「梅田課長がここのところ元気なかったから、励《はげ》まそうかなぁって、ねぇ」

涼花の言葉に、後輩の女の子も深く頷《うなず》く。

「梅田課長、かなりハイペースで飲み始めてさ。止めたんだけど……ダメだったんだよねぇ」

涼花は深くため息をついたあと、梅田を見つめた。

「梅田課長の家の住所、茜なら知っているよね？　ああ、よかった。助かった」

「いや待って、涼花。梅田が泥酔《でいすい》したからって、なぜ私に電話するのよ？　同じ営業部の男に助けを求めた方がいいんじゃないの？」

「え？」

私の主張は正しいはずだ。なのに、涼花は大げさに肩を竦《すく》めた。

「逃げてばかりの大人たちを、なんとかしなきゃなぁと思ってね」

涼花はそれ以上は答えず、そそくさと帰り支度《じたく》をし始めた。先輩にならって、後輩女子も立ち上がる。驚いている私を余所《よそ》に、二人は座敷《ざしき》の入り口に座り、靴を履《は》き出した。

「え？　ちょっと。何よ、帰るつもり？」

「そうよ」

当然という様子で言い切る涼花に、私はぽかんと口を開けた。

「梅田は？　どうするのよ」

慌てて涼花の腕を掴《つか》むと、彼女はにっこりといい笑顔を向けてくる。

「茜に任せるわ。キスするなり、抱くなり、お好きにどうぞ」

「な！　何を言っているのよ!?」

真っ赤になってうろたえる私に対し、涼花はかなり楽しそうだ。

「茜。梅田課長としっかり話した方がいいよ。アンタのジレジレ感と梅田課長の絶不調を見ているこっちは、イライラしてるんだからさ」

涼花は笑顔のまま、私の肩をポンポンと叩いた。

ちょっと待って、涼花。勝手に外野がイライラしているだけでしょ。

梅田のスランプを私に解決しろなんてできるわけがない。そんなことは彼に直接言ってほしいものだ。

「言っておくけど、茜に電話したのは梅田課長だからね。コールの最中に、突然寝ちゃったの」

それだけ言うと二人は私と梅田を置き去りにし、勘定《かんじょう》を済ませて店を出て行ってしまった。

＊　＊　＊

涼花たちが帰ってから、結構な時間が経った。

時計を見て、私は大きくため息をつく。そろそろ閉店の時間が近付いている。梅田にはいい加減、起きてもらわねばならない。

壁に寄りかかったまま眠る梅田を見て、私はもう一度ため息をついた。

先程頼んだウーロン茶を飲んでいると、顔馴染《なじ》みの店長がグラスの水を片手に、心配そうに声をかけてきた。

「大丈夫かい？　梅田くん」

「あー、とりあえず呼吸が荒いとかはないし、大丈夫だと思いますよ」

『紗わ田』が会社に近いこともあり、ちょくちょく利用していたためか、私と梅田は店長と顔見知りになり、こうして名前を覚えられている。

店長も梅田の顔を覗き込んで、小さく安堵《あんど》の息を吐き出した。

「そうだね。大丈夫そうでよかった。でも、梅田くんがこんなふうに酔い潰れるのは、初めて見たかもしれないな」

「私もですよ……」

梅田の顔の赤さはだいぶ収まってきた。酔いも抜けてきているだろう。

「どうする？　松沢さん。タクシー呼ぼうか？」

「んー、そうですね」

「梅田くん、起きても動けないかもしれないからねぇ」

「ですよね。起きてみないことにはわからないけど。お店、もう閉店でしょ？」

ラストオーダーの時間も過ぎ、店にいる客は私と梅田だけの状態だ。早く退散した方がいいだろう。

「うちは構わないけどね。俺もまだ片付けがあるし、ゆっくりしていってもいいよ」

「んー、でも申し訳ないので帰ります。明日も会社あるし」

「じゃあ、やっぱりタクシーを呼んでおくよ」

そう言うと、店長はテーブルにグラスを置き、電話をかけに向かった。お願いします、と店長に声をかけたあと、私は梅田の肩を掴《つか》んで身体を揺する。

「ねぇ、梅田」

「……ん」

「起きてってば、そろそろ帰ろうよ」

「あぁ……あ？」

酔っているのか、それとも寝ぼけているのか。

最初は焦点《しょうてん》が定まっていなかった梅田だったが、突然、目を大きく見開いた。そして私の顔をジッと見つめる。

ようやく気がついてくれたかとホッと胸を撫《な》で下ろしていると、梅田が勢いよく身を仰《の》け反《ぞ》らせた。

「ま、ま、松……沢？」

「ええ、同期の松沢ですよ。ご機嫌いかがですか？」

私たちの会話が聞こえたのか、厨房《ちゅうぼう》の方から、梅田の安否《あんぴ》を確かめる店長の声が聞こえた。

「はーい、梅田起きましたよ。ご心配おかけしましたー」

あいよー、という威勢のいい返事を聞いたあと、私は梅田を見た。

彼はいまだに壁にへばりついたまま辺りを見回している。たぶん、一緒に来ていた涼花たちを探しているのだろう。

「涼花と後輩ちゃんは帰ったよ」

「帰った⁉」

「梅田を置いて、さっさと帰った。その前に私を呼びつけてね」

「アイツら……」

ここにはいない部下たちの行動に、梅田は舌打ちをした。

どうやら酔いは冷《さ》めたらしい。口調はしっかりしているし、記憶もあるようだ。

もともとお酒には強いから、きっともう大丈夫。

しかし、水分を摂取《せっしゅ》した方がいい。私は、先程店長が持ってきてくれた水を梅田に差し出した。

「ほら、とりあえずお水飲んで。途中で倒れられたら困るし」

「ああ、サンキュ」

梅田は水が入ったグラスを受け取ると、ゴクゴクと喉《のど》を鳴らして飲む。

そのたびに喉仏《のどぼとけ》が動き、なんともセクシーだ。

思わず見入ってしまった自分に気づいた途端、一気に顔が熱くなっていく。

慌てて頬を手で隠していると、梅田は空《から》になったグラスをテーブルに置いた。

そして近くにかけてあった自分のジャケットとコートを羽織《はお》り、鞄《かばん》を持って立ち上がる。

ふらつかないかと心配になったが、どうやら大丈夫らしい。

心配そうに見つめる私に、梅田はクスッと笑う。その笑みは、久しぶりに見るものだった。一気に身体が熱くなったのが、自分でもわかる。

彼が好きだと自覚してしまって以来、自分の身体の反応が露骨《ろこつ》すぎて困ってしまう。身も心も『梅田が好き』と言っているようで、気恥ずかしい。

にゃろう、梅田。私をここまで振り回すとは、いい度胸しているな。

心の中で梅田に八つ当たりをしていた私は、彼が発した言葉で現実に引き戻された。

「松沢、本当に悪かったな。送るから帰ろう。……いや待て、お前の彼氏に電話しろ。迎えに来てもらえないか聞いてみてくれ」

「え？」

一瞬、言葉の意味がわからなかった。眉間に皺《しわ》を寄せる私に、梅田は無表情で呟《つぶや》く。

「自分の彼女が、他の男とタクシーに乗って帰ったなんて聞いたら、気分が悪いだろう」

「……」

「ほら、早く。電話しろ」

梅田は私の顔を見ようとしない。そういえば、先程笑顔を見せてからは、そっぽを向いたままな気がする。

チラチラと視線を投げてはくるけれど、それだけだ。

――なんだっていうのさ、梅田。

確かに、先日、私たちは気まずくなった。でも、ここまであからさまな態度をとらなくたっていいと思う。

なんだかイライラしてきた。恋活なんて面倒事を梅田に頼んだのは、私だ。だから謝れと言われれば、何度だって謝る。

でもね、梅田。私たちは仲良くやってきていたはず。あの年月がなかったことになるのは、正直つらい。

こんなふうに遠慮されたり、これ見よがしに距離を置かれるのは我慢できない。

もし梅田がこんな態度を続ける気でいるのなら、いっそ大暴れしちゃった方が精神的にいいかもしれない。

「松沢さーん、タクシー来たよ」

店長がタクシーの到着を知らせてくれた。

私は、梅田に返事をしないまま身支度《みじたく》を済ませ、パンプスを履《は》く。

梅田も遅れて靴を履いたのを見届けると、私は店長に叫んだ。

「ウーロン茶代、テーブルに置いておくからね。足りなかったら次回、梅田から徴収《ちょうしゅう》して」

あはは、という豪快な笑い声の直後、「まいどー」と陽気な声が聞こえた。

それを確認したあと、私は梅田の手首を掴《つか》んだ。

「さぁて、梅田。ちょっと顔貸しな！」

少し前に観た極道《ごくどう》映画の姐《あね》さんになったつもりで、彼に声をかける。

――私の腹は決まった。

店を出てすぐ、ぽかんと口を開けている梅田を、そのままタクシーに押し込んだ。私も続いて乗り込むと、彼のマンションの住所を告げる。

タクシーが動き出して少し経った頃、やっと梅田が言葉を発した。

「なんで、無理やり一緒にタクシーに乗せるんだよ」

「そりゃあ、タイマンを張るためでしょ？」

「さっきは極道の姐さんで、今度はヤンキーかよ」

本当に小さくだけど、梅田がクスッと声を出して笑う。それだけなのに、私は全身の力が抜けるほど安心した。

そんな様子を梅田に悟《さと》られないように、私はタクシーの後部座席シートにもたれかかった。

「どこでタイマンするつもりだ？」

「梅田の家」

「はぁ？　俺の家って。そりゃ、マズイだろう」

そう？　とサラリと答える私に、梅田は大きくため息をついた。

「あのなぁ。彼氏がいる女が、男の家に上がり込むなんて……」

「別にー、マズくないでしょ？」

「マズイだろ、普通に考えれば」

とりあえずファミレスにでも行こうか。そう言い出した梅田に、チラリと視線を向けた。

「梅田の家がいい」

「あのなぁ、松沢」

ほとほと困った様子の彼を見て、私は唇を尖《とが》らせる。

「彼氏なんていないし。見合いだってしないもーん」

「はぁ？」

梅田が何か言いかけたとき、タクシーの運転手に声をかけられた。

「お客さん。この辺りですかね？」

「ああ、はい。ここで降ります」

ちょっと待て、という梅田の声を遮《さえぎ》って、私は財布《さいふ》を取り出すと料金を支払った。物言いたげな彼の腕を引っ張って、タクシーから降りるように促《うなが》す。

「さぁ、梅田。降りるよ」

「おい、松沢。ちょっと待て」

「待てない。早く降りないと運転手さんが困っちゃうでしょう」

私がピシャリと言いのけると、梅田は不服そうな様子だったが、渋々と出てきた。

タクシーが走り去ってすぐ、彼は心底弱った顔で私を見つめる。その視線を無視して、私は梅田のマンションを指さした。

「さて、梅田の家で話そう」

「おい、待てよ。松沢」

背後から私を呼び止める声が聞こえたが、私は止まらなかった。

この前ドラマを鑑賞した日以外にも、梅田のマンションには何度も仲間たちと来たことがある。私は迷わず進み、彼の部屋の前に立った。

「おい、待て。松沢。さすがにここじゃマズイ」

「何がマズイのよ？」

「えっとなぁ……」

どこか煮え切らない様子の梅田に、私はずいと手を差し出す。

「ほら、鍵《かぎ》ちょうだい」

「……」

「早く中に入ろうよ。というか、寒いから早く！」

それでも鍵を取り出そうともせずに固まったままの梅田を見て、大げさに肩を竦《すく》めた。

「彰久とは……元彼とはすっぱりきっぱり別れた。もう会わない」

その言葉に、梅田の顔が一瞬にして青ざめる。次の瞬間、彼は力強く私の肩を掴《つか》み、顔を覗き込んできた。

真剣で、そして心配そうな梅田の顔を見て、私の胸が大きくドクンと高鳴る。

「松沢、お前……それじゃあ、お前の身が危ないだろう」

「……」

「どうしてそんなことしたんだ。撤回《てっかい》してこい。そうしないと、お前が危険に晒《さら》されるだろ！」

目の前にいる梅田の顔は、いつもの優しい同期の顔でも、営業部のエースとしてバリバリ仕事をしている課長の顔でもない。男の顔だ。

彰久に背中を押されるまで、梅田のことは諦《あきら》めようと後ろ向きになっていた。だけど、泥酔《でいすい》して壁に寄りかかっている梅田を見て思った。

「この人を守りたい」と、そう思ってしまった。

それに、ずっと災難に見舞われていた私を助けてくれたのは、ほかでもない梅田だ。

占いでは、彰久が私の災難を払ってくれると言っていたけれど、そんなのどうでもいい。

だって、私は……梅田に助けてもらってきたんだから。占いなんてクソくらえだ！

「私は梅田がいい」

「え？」

「ずっと恋活に付き合ってくれたのは梅田でしょ？　神様を騙《だま》して、私を守ってくれていたのは梅田だよ？　最後までやり通して！」

「……」

「水晶《すいしょう》占いのお婆《ばば》様の言うことは、もう信じない。私は……自分が決めた人を信じる！」

「松……沢」

梅田の声が掠《かす》れている。私の肩を掴《つか》む手は、わずかに震えていた。

「梅田？」

驚いて目を見開く私は次の瞬間、梅田の腕の中にいた。間近に感じる彼の体温は、とても温かい。

そういえば、看板が落ちてきたときも、私が階段で転んでしまったときも、同じように抱き締めてくれた。

やっぱり私は梅田がいい。この人の腕の中にいたい。

「松沢の……大バカヤロー」

「なんですって！」

「男前すぎるんだよ」

「うるさいなぁー。私が男前なのは、前から知っているでしょう」

「知っている。だけど、俺はもっといろいろ知っている」

梅田は私の頭をゆっくりと撫《な》でると、再びギュッと私を抱き締めた。

「男前で、そのくせ女っぽいところがあって……時々ドキッとする」

「梅田？」

「後輩思いで、自分の仕事が大変なときでも手を差し伸べるし」

「……」

「度胸があるかと思えば、夜のオフィスや暗がりは苦手で」

「ちょ、ちょっと梅田ってば」

なんだか凄いことを言い出した。顔が一気に熱くなっていく。

とにかく、ここはストップをかけなければ。私はトントンと梅田の胸板を叩いたけれど、彼は素知らぬふりで続ける。

「何年も同期として近くにいれば、わかることがたくさんある」

「えっと……」

「お前とはずっと仲のいい同期でいられると、性別を超えた付き合いができると思ってた。だけど、それは無理だって、この数日で痛いほどわかった」

「梅田？」

私を抱き締めていた腕をゆっくりと解《ほど》き、梅田は私の頬を両手で包み込んだ。恥ずかしくて火《ほ》照《て》った頬が、梅田の熱によってもっと熱くなる。

「本当は、お前を元彼のところになんて行かせたくなかった」

「だ、だったら！」

「それでもお前が、この前みたいに危険な目に遭《あ》ったらと思って……無理やり気持ちをごまかして、手放した」

「え？」

梅田は顔を私に近付け、お互いのオデコをくっつけた。

突然の至近距離に、私は思わず飛びのいてしまいそうになる。だけど、梅田がガッチリと私の後頭部を掴《つか》んだせいで、動くことができなかった。

「なぁ、松沢。まだ今年が終わるまで結構あるぞ。その間に災難がお前を襲《おそ》ったら……どうする？」

「どうするって……」

「俺は占いの婆さんに、お前の運命の相手じゃないと烙印《らくいん》を押された男だ」

「……」

「それでも俺はお前の傍にいたい。偽《いつわ》りの恋人関係を解消したあの日から、俺はずっと葛藤《かっとう》していた。だけどもう、限界だ」

梅田の乾いた唇が、私の唇を捕らえた。柔らかい感触と、ぬくもりに身体の芯《しん》が震える。

やがて、私の何もかもを食むようにキスが深くなっていく。

梅田の舌がぬるりと口内に忍び込み、歯列を這《は》う。私は呼吸のたびに甘い吐息を零《こぼ》した。

初めてキスをされたときは、流されることを望みつつも戸惑《とまど》ってしまった。でも今は、ひたすら梅田を欲している。

もっともっとしてほしい。もっと可愛がってほしい。

そんな心の声に突き動かされ、私は積極的に梅田の舌に応《こた》えた。

何度も唇を重ね、舌を絡《から》ませると、梅田はゆっくり私から離れる。

彼の顔を見上げていたら、ふいに真剣な視線が私を射抜《いぬ》いた。

「俺はお前を守り抜く。今、そう決めた」

「梅田」

「俺はお前が、好きだ」

――好きだ。

梅田の掠《かす》れた声は、いつも以上にセクシーだ。

そして、彼の情熱的な眼差《まなざ》しと告白を前に、私は声の出し方も忘れてしまった。

私の顔を不安そうに覗き込む梅田に、何か答えなくちゃ、と思うのに、どう反応したらいいのかわからない。

嬉しい。その一言が出てこない。その代わりに、胸が異常なほどに高鳴っている。

「松沢、返事を聞かせて？」

「……」

「ノーでもイエスでも。もうお前を離すつもりはないけどな」

「え？」

唖然《あぜん》としている私に色っぽい笑みを浮かべて、梅田は私から離れ、身体の向きを変えた。

突然ぬくもりがなくなってしまい、私は寂《さび》しくなって手を伸ばす。

彼は家の鍵《かぎ》を取り出して開けようとしていただけなのに、その背中に抱きついてしまった。

大胆すぎたかもしれない。だけど、どうしても寂しかったのだ。

だって、梅田のぬくもりを感じていたい。梅田にずっとギュッとしてもらいたい。キスしてもらいたい——

しがみついた身体がビクッと反応したことで、梅田の動揺が伝わった。

彼は鍵を開けて引き抜くと玄関の扉を乱暴に開き、私の肩を抱いて中へ入る。

「梅っ……」

名前を呼ぼうとした途端に、少し冷たい唇で口を塞《ふさ》がれた。

「ふっ……んんっ！」

私の唇に梅田の舌が触れる。ツーッと唇をなぞられ、私は口を開いて彼を受け入れた。

梅田に後頭部を抱えられ、そのままキスが深くなっていく。

お互いの舌が絡《から》まり、クチュクチュと卑猥《ひわい》な音を立てる。

(ああ、気持ちいい……)

歯列を這《は》う舌の感触に、ゾクゾクと快感の波が押し寄せてきた。

舌を吸われ、絡められ……立っているのもつらいぐらいに、身体の芯《しん》が痺《しび》れてしまう。

梅田の唇がいったん離れたと思ったら、今度は私の耳元に近付いた。

「松沢、返事聞かせて?」

「返事……?」

「そう、返事だ」

梅田の吐息が耳に当たる。それだけで、身体が甘く疼《うず》いてしまう。

きっと今の私は、いやらしい顔をしているのだろう。彼の目には私がどう映っているのか、幻滅《げんめつ》されたりしないか、少しだけ心配だ。

「そんなの……元彼との縁をすっぱり切って、ここにいるっていうのが返事でしょ?」

「ダメだ。そんなの」

「つや……ぁんん!」

急に項《うなじ》を舐《な》められた。そして、わざと音を立てて吸いつかれる。

キツく吸われたから、もしかしたら真っ赤な痕《あと》が残ってるかもしれない。

抗議したいと思うより先に、もっとしてほしいと願う私は、すっかり梅田に溺《おぼ》れている。

ここは玄関だ。大きな声を出せば、外に声が漏《も》れてしまう可能性がある。それなのに、彼は項《うなじ》への愛撫《あいぶ》をやめようとしない。

私は甘い声を発し、膝《ひざ》を震わせている。もう立っているのもやっとの状態なのに、梅田の唇と舌は一向に止まる気配がない。

我慢できずにその場に座り込んでしまうと、彼もしゃがんで私の顔を覗き込んできた。

「本当の恋活、するんだろう？」

「っ！」

梅田の親指が私の唇を撫《な》でる。その触れ方は優しさと慈愛に満《み》ちていて、それだけで私は涙目だ。

どうしよう……梅田の仕草《しぐさ》と言葉のすべてに感じる。

「ずっと俺と……恋人活動してくれるんだよな？」

優しく細められた目に、吸い込まれてしまいそうだ。

迷うことなく頷《うなず》きながら、私は梅田にはっきりと告白の返事をしようと覚悟を決めた。

彼のネクタイを握り、グイッと自分の方に引っ張る。急に近付いた距離に、胸が苦しくなるほどドキドキする。

なんだろう、これ。どうしてこんなに苦しいの。恋って……ここまで苦しくて、幸せで、恥ずかしくて堪《たま》らないものだったかな。

今、梅田の前にいる私は、いつもの私じゃない。男前だと言われる私は、どこかに行ってしまった。

ここにいる私は、梅田晃っていう男が言葉じゃ表せないほど好きな、ただの女だ。

「恋活は、梅田とじゃなきゃやだ」

「松沢……」

「梅田以外の男なんてやだ。私が好きなのは、梅田だけだもん！　──キャッ！」

梅田は慌てて靴を脱ぎ、家に上がると、私を抱きかかえて部屋の中へ入っていく。

その行動は荒っぽくて、どこか余裕のなさを感じる。

しかし、私は靴を履《は》いたままだ。梅田のネクタイをギュッと握って、クイクイと引っ張る。

「ちょ、ちょっと！　靴を脱がせて！」

私が叫ぶと、梅田は立ち止まって私のパンプスに手をかけた。

カツン、カツンと私のパンプスが廊下を転がる。それを見届けたあと、梅田は私を抱きかかえ直して部屋へ入っていく。

リビングの奥の引き戸を足で開《あ》ける様子は、欲情を窺《うかが》わせる。梅田の横顔を見ると、瞳がギラギラしていた。

同期としての付き合いは長いが、こんな雄《おす》の顔をした彼は初めて見る。

やがて、少し乱暴にベッドに下ろされた。スプリングが軋《きし》む音を聞きながら、私は梅田を見上げる。

彼は、間接照明の電気をつけると、コートを脱いだ。そしてネクタイを緩《ゆる》めて荒々しく抜き取り、ジャケットを脱ぎ捨てた。

「言っておくけど、酒は抜けているからな」

「えっと……はい」

私は梅田の気迫《きはく》に圧倒され、慌ててコクコクと頷《うなず》いた。

「酒の勢いで抱くわけじゃない。それだけはわかってくれ」

「は、はい！」

「お前が好きだということも、お前を守ると誓ったのも本気だ」

「梅田……」

「だから、お前を抱く。今すぐ俺の女にしないと、どうにかなってしまいそうだ！」

梅田の口から、わけがわからない言葉が飛び出した。

お前を抱く。それはわかる。私も、今すぐ抱いてほしい。

だけど、どうにかなってしまいそうとは一体どういう意味だ。私は、服に手をかけようとしている梅田の手を掴《つか》んだ。

「どういうこと？」

「は？」

「どうにかなってしまいそうって……どうなっちゃうの？」

私は普通に質問をしただけだ。それなのに目の前の梅田は、がっくりと項垂《うなだ》れる。

どうした梅田。アンタをガッカリさせるような言葉を口にしちゃった？

首を傾《かし》げる私をチラリと見た梅田は、気の毒なぐらい意気消沈《しょうちん》している。やがて彼は、頭を掻《か》きながら口を開いた。

「お前さ、会社でなんて言われているか知っているか？」

「……負け犬とか、枯れ女とかでしょ？　緑山医師が言っていたもの。いいよ、本当のことだし。ふーんだ」

思い出しただけでも腹が立つが、残念ながら間違ってはいない。

ただ、改めて他人から言われるとカチンとくるんだよね。それはまぁ……仕方がない。

私が唇を尖《とが》らせると、梅田はその表面をチョンチョンと人差し指で突《つ》いてきた。

「それは緑山医師とか陰険《いんけん》なヤツらからの評価だろう？　そうじゃなくて後輩の男たちだよ」

「へ？」

「松沢さんって、サバサバしていてカッコいいですよね。キレイなのに気取らないし、スラリとしてスタイルがいいし」

「ぬぁ？」

「一度でいいから抱かれてみたい……なんて言われているんだぞ」

「なによそれ。抱いてみたいじゃなくて、抱かれてみたいとは！」

確かに男前だと言われているが、男を抱いてみたいと思ったことは一度もない。そんな男たちなんて、こちらから願い下げである。

私がプリプリ怒っていると、梅田は肩を震わせて笑い出した。

「突っ込むところ、そこかよ？　まぁ、お前らしいけどな」

「さりげなくバカにしているでしょ？」

「いいや、そのままでいろよ？」

「え？」

「鈍感で、恋愛下手でいろって言っているの。お前が恋愛上手になんてなったら、あちこちに牽制《けんせい》かけなくちゃいけなくなるから」

やっぱり、さりげなくバカにしている。どうやら喧嘩《けんか》を売られたようだ。これは買うしかないだろう。

ギロリと梅田を睨《にら》んだが、凄く甘い笑みを浮かべた彼を見た途端、力が抜けてしまった。

今なら、この笑みだけで激辛カレーだって甘く感じるに違いない。

「お前のことを女として好きだって確信してからは、抱き締めたくて仕方なかったんだ」

「ちょ、ちょっと……梅田？」

ジリジリと顔を近付けてくる梅田に、私は戸惑《とまど》いながらカラ笑いをする。

先程までほほ笑みを浮かべていた御仁はどこへやら。今は獰猛《どうもう》な獣《けもの》が私を見据《みす》えている。

「お前が言う恋活のおかげで……俺はやっと恋ってやつがわかった気がする」

「へ⁉」

どういう意味か聞こうとしたのだけど、頭の上で両手首を掴《つか》まれて、言葉を失った。

これじゃあ、身動きがとれないじゃないか。

身を捩《よじ》ろうとした私を見て、梅田は妖《あや》しく笑う。

「本気の恋を知った男がどうなるのか。身をもって体験させてやる」

そんな腰にくる声を出すなんて反則だ。力が抜けてしまった身体では、目の前の獣に抗《あらが》う術《すべ》などない。

梅田は片手で私の両手首を掴んだまま、激しいキスをした。

「ッあ……ん……っはぁ」

私の悩ましい声が部屋に響く。聞こえるのはクチュクチュという淫《みだ》らな音と、私の声、そして梅田の甘い吐息だ。

彼は一度唇を離すと、ぼんやりと見上げる私を見て、ふっと笑った。

「松沢、可愛い」

「っ！　……んっ」

唇だけでは物足りない様子の梅田は、耳たぶをしゃぶったり、項《うなじ》を甘噛《あまが》みしたりして、私の身体を熱くさせていく。

そのたびに堪《こら》えきれない啼《な》き声を漏《も》らしてしまい、よけいに羞恥心《しゅうちしん》を煽《あお》られた。

「どこのどいつだ。松沢を枯れ女だって言ったヤツは。こんなに瑞々《みずみず》しくて、甘いのに」

「もぉ……っ！　梅田ってば、そんな恥ずかしいこと言わないでっ……」

嬉しい。本当は嬉しくてしょうがない。だけど、恥ずかしい。

梅田の大きな手が私に触れるたびに、喜びが身体中から溢《あふ》れてくる。

拘束《こうそく》されていた両手首が解放されてすぐ、私は梅田に抱きついた。

ゆっくりと伝わってくる体温。彼の骨張った手や唇、触れ合う肌。すべてがとても愛おしい。

もっと愛し合いたい。その感情が、私を大胆にさせていく。

私は梅田の両頬を手で包み込み、自分からキスをしかけた。

積極的に舌を絡《から》ませ、強く吸う。唾液《だえき》が混ざる音がして、それがますます自分の熱を高める。

ああ、気持ちいい。どうしよう……梅田とこうしていると、離れることができなくなってしまう。

中毒性があるキスだ。

ほんの数日前までは、彼とこんな関係になるなんて、思ってもみなかった。

気心が知れた同期。そんな立ち位置だったはずなのに、今は男と女になって抱き締め合っている。

我ながら不思議だ。

コートを脱がされたあと、紺色のボーダーニットと、セットアップのニットスカートも脱がされてしまった。

間接照明だけのベッドルームだが、きっと梅田の目には下着姿の私がしっかり見えているだろう。

視線で愛撫《あいぶ》されているような感覚になり、私は恥ずかしさを紛《まぎ》らわすために、手でそっと胸の辺りを隠し、モジモジと太ももを擦《す》り合わせた。すると、梅田はその手を掴《つか》んでどける。

「ダメ。もっと見せて。あの日、見せてもらえなかった身体をよく見たい」

「あの日って？」

「うちでドラマを観た日。覚えているか？」

「あ、ああ……あれね。梅田がいきなり人を襲《おそ》ってくれちゃったとき？」

梅田による過激な恋活のせいで、私がどれほど悩んだことか。恨《うら》みがましく睨《にら》み付けると、梅田は困ったように頭を掻《か》いた。

「恋活って言いながら、お前に猛プッシュしていたんだけど。気がつかなかったか？」

「え？」

「本当はあの日、好きだって伝えるつもりでいた……だけど邪魔が入ったからな」

ここで言う邪魔とは宅配業者のお兄ちゃんだろう。いえ、私は彼にかなり感謝しましたとは、とても答えられない。

「完全に理性がぶっ飛んでいたからな。宅配の人が来なかったらやばかったかも」

あれで冷静になれた、と梅田はばつが悪そうに笑った。

「前までは、お前を仲のいい同期ぐらいに思っていた。だけど、恋活するようになって以来、女の部分が見えてきてさ」

梅田はゆったりとした動作で、私の頬を優しく指でなぞる。ただそれだけの接触なのに、私は敏《びん》感《かん》に身体を震わせた。

「それでやっと気がついた。俺は、ずっと松沢のことが好きだったんだって」

「梅田……」

「だから、お前を手放さなくちゃいけないと思ったとき、絶望したな。もう二度と恋はできないだろうなぁと感じた」

こんなふうに弱々しく笑う梅田は、今まで見たことがない。その表情を見て、胸がキュッと締め付けられた。

梅田は余裕がない様子で、ワイシャツとアンダーシャツを脱ぎ捨て、私に裸体を晒《さら》す。ほどよく筋肉がつき引き締まった身体に、男の色気を感じた。

「なぁ、松沢」

「え……ぁ……やぁ」

あっという間にブラジャーとショーツも取り除かれ、両胸を揉《も》まれる。

ふにふにと確認するような手つきから、形が変わるほど揉みしだく動きに変わった。そうかと思えば、急に頂《いただき》を指で摘《つ》まんだり、弾《はじ》いたりする。

梅田が私に触れるたびに、好きだって気持ちが増していく。

クチュクチュと音を立てて頂を吸われ、歯を立てて甘噛《あまが》みをされた。その直後、舌で転がされ、ビリビリと電流が背を走る。

私の身体は、梅田の手によって正直に反応してしまう。

「ほら、松沢。硬くなってきた」

「や、ぁん……だめぇ……んっ」

梅田が右の胸の頂を唇で弄《もてあそ》び、左の胸の頂を指で捏《こ》ねる。同時の愛撫《あいぶ》に、強烈な快感が私を襲《おそ》い、ひっきりなしに声が漏《も》れてしまう。

「きゃぅん！　や、ダメだってばぁ」

「そんなに可愛い声を出されちゃ、やめることはできないな」

彼の声は笑っているのに、目が真剣だ。

囚《とら》われる——そんな甘美《かんび》な恐れを感じるほど、私はその眼差《まなざ》しに魅《み》せられてしまっていた。

梅田の手は止まるどころか、ますます動きを激しくしていく。

「ああっ！　っはぁ……ふぅん！」

止めたくても止められず、私の甘ったるい声が薄暗い部屋に響いた。

彼にもこの喘《あえ》ぎ声が聞こえてしまっているかと思うと、恥ずかしくて堪《たま》らない。

快感を逃がすようにシーツを握り締めるものの、皺《しわ》くちゃになるだけで、効果はなかった。

「可愛い……。もっと乱れていいぞ」

「っ、や、やだぁ。む、無理だか……らっ」

「無理じゃない。ほら、いっぱい声出して。松沢の声って、ゾクゾクするぐらい色っぽいな」

「そ、そんなことない！　はぁ……っあん」

「ほら、色っぽい。ガツガツしたくないけど、無理だな」

梅田は両胸を揉みながら、再び私の項に唇を這《は》わす。時折、舐《な》められたり、吐息が当たったりするのが気持ちいい。

どうしよう、感じすぎて鳥肌が立ってしまった。

気を抜けば、すぐに達してしまいそうなほどだ。

まだキスされて胸を揉まれただけなのに、身体の奥でジュクッと蜜《みつ》が溢《あふ》れていくのが、自分でもわかる。

あまり感じすぎる様子を見せては、梅田にからかわれるかもしれない。そんなふうに思っても、梅田から与えられる快感によって、すぐに何も考えられなくなってしまう。

思考回路が桃色で染まっている私の耳元で、彼は色香を含んだ吐息を漏《も》らした。

「これからずっと、茜って呼んでいい？」

「っふ、あぁぁ……ん」

どうしてアンタは耳に舌を入れながら、そんな声で囁《ささや》くんだ。甘さが二割増しじゃないか。この状況で返事なんてできるわけがない。

ブルルと震える私を見て、梅田は心底嬉しそうだ。

「なぁ、茜。呼んでもいいだろう？」

「っ……も、もうすでに、恋活しているときから、呼んでいるでしょ……っ？」

私は喘《あえ》ぐ声をなんとか抑えながら、梅田を睨《にら》み付けた。

「そうだけど、あれは恋活の一環だろ？　今度は偽者じゃなくて、正式な恋人として、名前で呼びたい」

いいだろ、と低く色気のある声で囁かれたら、ひとたまりもない。

「ちょ、ちょっと梅田ってば……そこで話さない、でぇ」

「ん？　茜は耳が弱いのか。それなら、もっとしてあげる」

「バ、バカ！　うっ……やだぁ」

耳たぶを、梅田にパクリと食べられた。そのまま、彼の舌に耳全体を犯されるように愛撫《あいぶ》される。

わざと音を立ててしゃぶる辺り、梅田の意地の悪さが際立《きわだ》つ。

それだけでも腰が砕けてしまうというのに、梅田の左手は胸を、右手はヒップを揉み始めた。

なんとか声を止めたくて、手の甲で自分の口を押さえたのだが、梅田に強制的に外されてしまう。

「声出せよ、茜」

「ゃあ……んんー。は、はずかしいっもん！」

イヤイヤと首を横に振る私に、梅田はクスクスと意地悪く笑った。

「ほら、乳首がツンって上を向いて硬くなった。俺に食べてほしいって言っているぞ？」

「もう、バカ！」

梅田の指が、再び胸の頂《いただき》を捏《こ》ねくり回す。刺激が強すぎて、どうにかなってしまいそうだ。

長い期間、こういう行為とは無縁の生活をしていたからか。我ながら感じすぎて、恥ずかしくて仕方ない。

「つう、梅田、手加減してよっ……」

「ん？」

「私、ずっとこんなこと……していないんだから」

「ふーん、そうだろうな。元彼と別れてからはしてないんだもんな」

梅田の声が刺々《とげとげ》しい。ねぇ、どうして、そんなにイライラしているのよ。

潤《うる》んだ瞳で梅田を見つめると、彼の頬はなぜか赤く染まっていた。

「言っておくが……俺だってご無沙汰《ぶさた》だ」

その答えを聞き、私は驚きに目を見開く。

なんていうか……後腐《あとくさ》れない相手と関係を持つことくらいあるかと思った。

私が考えている内容がわかったのだろう。梅田は眉を寄せた。

「あのな。俺は遊んでなんかいないぞ」

「でも……梅田なら、黙っていても女が寄ってくるでしょ？」

想像しただけでムカムカしてして膨《ふく》れっ面《つら》になる私に、梅田は極上の笑みを浮かべる。

「セックスはな、好きなやつとしかやっちゃいけないんだよ」

「っ！」

「じゃなきゃ、感じるものも感じない。好きなやつとするからこそ、セックスって気持ちいいんだよ。そう思わないか？」

本当に、どこまでも男前で敵《かな》う気がしない。

じゃあ、こうやって私に手を出しているってことは……梅田にとって、私は好きな女なんだよね？

そう考えると、胸がキュンと音を立てた。

何よ、私。ときめくことができるじゃないか。

恋愛下手の私が今、梅田の前では初々《ういうい》しい女になっている。それがなんだか新鮮だ。

だけど、まだ心配事がひとつある。私は、唇をギュッと噛《か》んだ。

「ねぇ、梅田。噂《うわさ》があった女の子のことは、もう、いいの？」

胸が張り裂けそうでも、確認をしなくては。梅田には、社内に片思いの相手がいるという噂があった。相手はすでに別な男性と結ばれているけど……

万が一、彼が今もその女の子を好きだったとしたら、耐えることなんてできない。

一瞬、呆気《あっけ》にとられていた梅田だったが、甘く蕩《とろ》けそうな笑みを浮かべる。

彼はツンツンと私の頬を突《つつ》いて、楽しげに尋ねた。

「茜、ヤキモチ焼いてくれたのか？」

「別にヤキモチなんかじゃないし。ただ……ちょっと気になったというか、なんというか……」

梅田の言う通り、これはヤキモチだ。だけど、指摘されると、つい可愛くない態度を取ってしまう。

モジモジとシーツを指で乱しながら呟《つぶや》く私を見て、梅田は本当に嬉しそうだ。

なんかめちゃくちゃ悔《くや》しい。自然に唇が尖《とが》っていく。

こんなふうに梅田の前で感情丸出しになるのは癪《しゃく》だけど、面白くないのは本当のことだからどうしようもない。

梅田は私の髪をひと房手にとって、少しの間弄《もてあそ》んだあとでキスをした。

そんな行動にも胸がキュンと高鳴るのだから、もうすっかり彼に嵌《は》まってしまっているのだろう。

私は自分の言動が恥ずかしくなって、梅田の胸に顔を埋《うず》めた。

「噂になった彼女については、保護者みたいな心境で見守っていただけ。尾ひれがついて変な噂になってしまったみたいだな」

もう一度、私の髪を弄《もてあそ》びながら、梅田は苦笑した。

「でも、あれってだいぶ前の噂《うわさ》だぞ？　そんなの、いまだに信じていたのか？」

「だ、だって！」

顔を上げて抗議したが、恥ずかしくて堪《たま》らない。私はとっさに視線を逸《そ》らした。

「俺は、お前のことしか見えてないよ」

最高の口説《くど》き文句が、私の胸を打ち抜いた。

ああ、もう。私をこんなに惚れさせてどうしたいのよ。

熱を持ち赤くなっているであろう私の頬を、梅田は指で優しく撫《な》でた。

「お前を味わわせてよ、茜」

そう囁《ささや》き、彼は私の頬を撫で続ける。大事なものに触れるような手つきに、嬉しくて涙が出そうだ。

さっきの、泥酔《でいすい》してへばっていた可愛い梅田はどこへ行った。なんか本当に癪《しやく》だけど、本当に好き。好きという気持ちが溢《あふ》れすぎて、どうにかなっちゃいそう。

そう思ったら、私は自然と彼の名前を呼んでいた。

「……晃」

小さく呟《つぶや》いたその声に、梅田はあからさまに動揺した。

彼は手をピタリと止め、私の顔を穴が開きそうなぐらいにジッと見つめている。

どうしたの、と声をかけようとしたが、それより先にギュッと抱き締められた。

「堪んない！」

「え？」

「俺、茜にずっと名前で呼んでもらいたかったみたいだ。今、めちゃくちゃ嬉しい」

そんなことを言われたら、私まで嬉しくなってしまうじゃないか。

私は恥ずかしさに足をジタバタさせる。すると、彼は自分の足を絡《から》みつけてきた。

そのとき、私の太ももに当たった硬いものは、間違いなく彼自身……。理解した瞬間、一気に身体が熱くなった。

「茜。覚悟しておけよ」

「か、覚悟？」

「そう。きっと壊すぐらいに抱くから」

「ちょっと待って、梅田。さっき話したこと、もう忘れたの⁉　ブランクがあるって言ったよね？」

「聞いたけど、聞かなかったふり」

梅田は私の胸に、果物《くだもの》でも食べるかのようにカプリと噛《か》みついた。

なんだと、と怒鳴ろうとした言葉は、淫《みだ》らな喘《あえ》ぎ声に変換されてしまう。

「っふ……ぁあ……んぅ」

「もっと、声出せよ。お前の声、昔から好きだったけど……俺が出させていると思うと、もっと好きになる。堪んないな」

甘噛《あまが》みされた場所が、ちょっとだけ痛い。だけどそれも、次第に甘い疼《うず》きに変わっていく。

チュッとキツく吸われた胸に、赤い花びらが舞い散る。そのたびに身体がしなる。

その行為が、梅田の独占欲の表れのように感じて、嬉しさのあまり目尻に涙が浮かんだ。

ああ、どうしよう。さっきから、どうしようばっかりだ。

でも、私は素直になれず、つい弱々しく制止の声を上げてしまう。

「あんんっ……ダ、ダメだってば！」

「何がダメ？」

「ダメなものは、ダメ！」

「こんなに感じているのに？」

ビクリと身体を震わせている私を、梅田はギュッと抱き締めた。

ダメじゃない、もっとして。そう梅田に伝えたら……いっぱい可愛がってくれるかな。

覚悟を決めた私は、梅田の耳元で今の素直な気持ちを囁《ささや》く。その次の瞬間、強引に組み敷かれた。

慌てて彼を見上げると、目が笑っていない笑みを向けられる。

「ごめん。もう抑えられない。明日、お前は病欠」

「待て、早まるな！　社会人として、それはどうなの!?」

「喉《のど》が嗄《か》れて痛い。腰が立たない。立派に休む理由になる」

「違うでしょ！　梅田。落ち着け、梅田」

「梅田、梅田うるさいぞ。ほら、言えよ……さっきみたいに晃って呼んで？」

何よ、その色気ダダ漏《も》れの甘ったるい表情は。言っている内容は悪魔みたいなのに、その表情は反則だ。

「嫌だ。そんな怖い台詞《せりふ》を言う男は、苗字呼びで充分だ！」

「ふーん、晃って呼ばないと……本当に会社に行けなくなるほど激しく抱くぞ？」

そう囁く声の、恐ろしいこと。マジだ。これは本気で言っている。私は目を見開いて飛び起きた。

「晃、晃、晃、あきらぁ！」

慌てて何度も名前を呼ぶ私を見て、梅田はニヤリと満足げに笑った。

「よし、これからはそうやって呼ぶように。会社でも呼ぶこと」

「待って、それは無理！　考え直して――」

「やだね」

梅田は再び強引に私を押し倒し、激しい口づけをしてきた。

「ふぁ……んん！」

口内に、生温かいものがぬるりと入り込む。そのまま舌をすくわれ、余すところなく愛撫《あいぶ》された。

クチュクチュと卑猥《ひわい》な音を立て、彼の舌は私を煽《あお》る。

私が梅田とのキスに溺《おぼ》れていると、ふいに彼が身体を撫《な》で始めたのに気づいた。

梅田の手は、止まることなく私の身体を這《は》う。肩に触れ、乳房を揉《も》み、ウエストの辺りをサラリと触る。やがて行き着いた先は、ジンジンと熱くなっている秘所だ。

彼の指が茂《しげ》みを分け入り、潤《うる》んだ場所に触れてきた。

突然襲《おそ》った快感に、私は背を反《そ》らす。

「蕩《とろ》けて出てる……」

「つやぁ」

「ほら、見てみろよ。手がびしょびしょ」

梅田は蜜《みつ》を指に絡《から》ませ、わざと私に見せつける。

（もう、あとで覚えておきなさいよ！）

そんな暴言を吐きたいところだが、今はすべて甘い吐息に変わってしまう。

梅田は、私の内側をグチュグチュと音を立ててかき回し、蜜口に指を一本、二本と埋《うず》める。

中の敏感《びんかん》なところを擦《す》られたり、指をバラバラに動かされたりするたびに走る甘い快感のせいで、力が入らない。

それだけでも私は快感に踊らされているというのに、梅田の親指が急に、真っ赤に充血しているであろう花芽《かが》を弄《いじ》った。

「あああぁんん！」

「茜、可愛い。もっと気持ちよくなって」

出し入れしながらかき混ぜられると、ピチャピチャと淫《みだ》らな蜜音が静かな部屋に響く。まるで、聴覚まで侵食《しんしょく》されているようだ。

「どう？　この辺りが気持ちいい？」

「あっ……ふっんん。やぁ……っんん！」

梅田は楽しそうに尋ねつつ、私の声が高まった場所を執拗《しつよう》に攻めてくる。ああ、もうどうにでもして。そう叫びたくなってしまう。

「ああっ！　っふぁ、くんん……っ」

やがて彼は私の足を大きく開き、蜜が絶えず溢《あふ》れている場所へ顔を寄せる。

花芽を唇で挟み、ジュジュッと吸い上げる。指での愛撫《あいぶ》も堪《たま》らなかったが、その上をいく気持ちよさだ。

私は梅田の頭を両手で押して、快感から逃《のが》れようとしたが、思わず彼の頭を抱え込み、より深い愛撫を促《うなが》してしまった。

今度は梅田の舌が蜜口をなぞり、侵入《しんにゅう》してきた。舌を抜き差ししながら、蜜を啜《すす》る音が聞こえる。

耳を覆《おお》いたかったけれど、全身の力が入らない。

私はダランと身体を投げ出して、梅田にすべてを委《ゆだ》ねた。

ビクビクと痙攣《けいれん》する私の肌に、梅田の手が優しく触れていく。

「甘いな……茜は。どこを舐《な》めても甘い」

「そ、そんなこと……いうなぁ」

涙声で訴えても、梅田には通用しない。彼は目を細めて、さらにとんでもない言葉を口にした。

「その声さえも愛《いと》おしい。本当、やばいな。茜をもう誰にも見せたくない」

「なに、言って」

「いっそ仕事を辞めないか？　俺、心配で茜を会社に行かせたくなくなった」

「はぁ？」

梅田は一体、何を言っているんだろう。私なんかをそんな目で見る男はいないのに。

それより心配なのはこっちの方だ。梅田は営業部のエース。女子社員からの人気も高い。

もし、放っておいたら……あちこちから女の子が群《むら》がってきそうで怖い。

そんなことをぐるぐる心配していると、彼は急に私を触る手を止めた。

「ちょっと待ってて……たぶん、あるはず。なかったら泣く」

「はい？」

梅田は、突然身体を起こし、ベッドの脇のチェストを、ガサゴソと漁《あさ》り出した。

一体どうしたのかと起き上がって見てみると、その手にはコンドームの箱がある。彼は箱の側面を確認し、ホッと息を吐いた。

「使用期限は大丈夫だな」

「……」

「一度も封を開けていないから、たくさんある。今日、全部使うか？」

「滅相《めっそう》もございませんっ！」

必死に首を横に振ったのだが、梅田には何も通じていないらしい。

「全部使っちゃうぐらい、俺は茜を抱きたいと思っているけど？」

梅田のバカ。何を言い出したかと思えば、恥ずかしいことを言い出して！

私は寝返りをうち、梅田に背を向ける。すると、背後から笑い声が聞こえた。

もう、私をからかったな。絶対にあとでしめてやる。

私が心の中で復讐《ふくしゅう》を決めてすぐ、物音がし始めた。

ガサガサと箱を開ける音に続き、何かをゴミ箱に捨てる音が聞こえる。梅田がゴムをつけているのだろう。思わずドキッとした。

これからの情事を想像してしまい、ますます振り返ることができない。

やがて、梅田は私の怒りをなだめるように、肩から腰、おしり、太ももと撫《な》でていく。

彼への怒りはすぐに鳴りを潜《ひそ》め、再び身体から力が抜けてしまった。

もしかしたら、梅田の手には媚薬《びやく》でも塗《ぬ》ってあるのかもしれない。

そう思ってしまうほど、私は彼を欲しいと強く願ってしまうのだ。

「入れるよ、茜。こっち向いて」

「ん……」

熱に浮かされつつゴロンと仰向《あおむ》けになると、ベッドのスプリングが軋《きし》んだ。

ドキドキしながら梅田の様子を窺《うかが》っていると、彼は私の膝《ひざ》を手で割り、覆《おお》い被《かぶ》さるようにして自身を中に押し当てる。

「あ、熱い……っ。あ、あう……んんん！」

蜜《みつ》で濡《ぬ》れていた入り口は、容易に梅田を受け入れた。

硬く反《そ》り上がった塊《かたまり》は、ゴム越しにもその熱を主張している。

グチュリといやらしい音を立てながら、梅田の熱が少しずつ私の体内へ侵入《しんにゅう》した。

久々なこともあり、なんだか異物感を覚えてしまうのは否《いな》めない。だけど、そう思ったのは一瞬だけだった。

突然、ズンと奥まで突かれて、目の前で、火花が散った。

「ああっ！　……はぁ……んぅ」

「ヤバイ、気持ちいい」

ギュッと抱き締められ、耳元で梅田の囁《ささや》きが聞こえる。

少し荒い息に、梅田も感じてくれているのだと実感できて、幸せだった。

「茜、痛くないか？　無理なら言えよ」

「んっ……うん、大丈夫」

痛くはないが、理性が飛んでしまいそうで怖い。

疼《うず》く下半身をごまかしたくても、モジモジと腰が動いてしまう。

まるで、もっと欲しいと強請《ねだ》っているようで恥ずかしい。だけど動きを止めることはできなかった。

私の素直な反応に、梅田は嬉しそうに目尻に皺《しわ》を寄せたあと、ふいに笑みを消し、真剣な面持《おもも》ちになった。

「茜が好きだ……もう、離さない」

その言葉の直後、私の中の梅田が律動《りつどう》を刻《きざ》み始めた。

かき混ぜるように身体を揺らし、最奥まで突かれる。グチュグチュと淫《みだ》らな音が部屋に響いたが、それを恥ずかしいと思う暇もなかった。

梅田は、ゆっくりと腰をスライドさせ、私の体内を味わうように動く。激しい動きではないし、ポイントを突くわけでもない。

なのに、言葉にならないほど気持ちがいい。身体が満たされるだけではなく、梅田が私の中にいると考えただけで、幸せで胸がいっぱいになる。

「茜の中、温かい……ずっとこの中にいたい」

「ず、ずっとって……」

ドキンと胸が高鳴ると同時に、子宮がキュンと疼いた。自分でも梅田を締め付けたことがわかり、恥ずかしくて顔が熱くなる。

「もっと気持ちよくなりたい？」

「……」

当たり前のこと、今さら聞かないでよ。

唇を尖《とが》らせて拗《す》ねる私に、梅田は甘ったるい視線を向けた。

「俺は、茜と一緒に気持ちよくなりたい。激しくしていい？」

「そ、そんなの」

「ん？」

「そんなの聞かないでよぉ!!　私だって梅田と気持ちよくなりたいに決まっているじゃん！」

その言葉を待っていた、と梅田はギュッと私を抱き締めて、低く艶《つや》っぽい声で囁《ささや》いた。

「茜を全部見せて。可愛いところも、キレイなところも……そしてエッチなところも」

「つうめ……だぁ」

違う、晃だ。そう耳元で囁かれただけで、胸の鼓動《こどう》が速まった。梅田が私に触れるたびに、ゾクゾクとした痺《しび》れが全身に襲《おそ》いかかる。でも不快じゃない。それどころか、もっと欲しいと強請《ねだ》ってしまいたくなる。

「やぁぁん、もう気持ち……いいよぉ」

「もっと、もっとだ……茜」

梅田は私から一度離れ、ゴロンと仰向《あおむ》けでベッドに寝転がった。

「ほら、上に乗って。茜の気持ちいいところを教えて?」

その声は反則だ。そんなにエッチな声で言われたら、頷《うなず》くしかないじゃないか。

私はそろそろと梅田の腰に乗り、自らいきり立っている熱い塊《かたまり》を呑み込んだ。

「っ、ああ……はぁぁぁん」

深く入りすぎて、脳天まで突き抜けるような快感に襲われる。私は思わず身体を仰け反《のぞ》らした。漏《も》らした吐息と声を恥ずかしがる暇も与えられず、梅田が胸を揉《も》みながら腰を遣い、下から突いてくる。

「茜、腰が動いている。いやらしいな」

「だ、誰が、そうさせてると思っているの!」

梅田を涙目で睨《にら》むと、私を見上げている彼は、心底嬉しそうに目を細めた。

「間違いなく俺だな。俺以外の男の前で、こんなにエッチな茜を見せるなよ？」

「見せるわけないでしょ？　あ、晃だけだもん」

「っ」

梅田が一瞬息を呑んだ。それが、合図だったように思う。

次の瞬間、激しく下から突き上げられ、身体が上下に揺さぶられた。揺れる乳房を、梅田が愛撫《あいぶ》する。私は涙を流しながら、彼の手によって淫《みだ》らな女になっていく。

「きもちい……いいっ！」

「もっと気持ちよくなれよ」

クチュクチュという蜜《みつ》の音と、私と梅田の荒い息づかい。それらが響くこの部屋の空気は、なんて甘ったるくて、官能的なんだろう。

「っ……はぁ……イキ……そう」

「イッていいぞ……茜」

梅田の動きがより速くなる。脳内に火花が飛び散るほどの快感の中、私は梅田の手をギュッと握り締めた。

「つん、……っ手、繋《つな》いで、くれるっ……？」

「もちろん」

梅田の優しい返答とともに、全身を快感が駆け上る。

「ああっ……んんっ！」

「イケよ、茜」

「ああああっ…だめっ、イクっ!!」

「っ！」

「っやあぁぁぁんんん！」

私は、梅田の温かい手を握り締め、白く弾《はじ》ける。

その直後、ゴム越しに梅田の熱が放《はな》たれたのがわかった。

やがて梅田は上体を起こし、私をぎゅっと腕の中に閉じ込めた。息が整うまで抱き締め合って、お互いの体温を堪能《たんのう》する。

あまりの幸福感に、私はつい呟《つぶや》いてしまった。

「ねぇ、晃。もっと私を愛してくれる？」

一瞬驚いた様子の梅田だったが、チュッと私の頬にキスをしたあと、私をベッドに押し倒した。

「もちろん。ずっと愛してやるよ。今日はやっぱり、ゴムがなくなるまでする？」

「ふっ、うんんっ！」

返事を聞く前に、梅田は甘ったるいキスで私の唇を塞《ふさ》ぐ。それが嬉しくて、彼の大きな背中に手を回す。

そのあとは、梅田の宣言通り、箱の中にあった五個のゴムがなくなるまで致してしまったのだった――

＊＊＊＊

「なぁ、茜。これ見てみろよ」

「だー、もう。うるさいなぁ。必死に仕事しているのが梅田は見てわからない？」

梅田と結ばれてしばらく経ったある日のこと。

私は大嫌いな夜のオフィスで、いつものように自分の机上にだけ蛍光灯をつけて必死に書類と睨《にら》めっこしていた。

忙しいって言ってるのに、なんだろう梅田は。アンタだって、年末だから仕事に追われているでしょう。うちは洋菓子メーカーだし、年が明けたらバレンタインデーとかホワイトデーで大変になる。経理課で油を売っていていいものか。いや、いいわけがない。

私は梅田の声を無視して、一心不乱にキーボードを打ちまくる。

梅田は、隣の席から椅子を引っ張ってきて近くに座り、身を乗り出して私の耳元で言った。

「なぁ、ちょっとは俺にかまえよ」

「甘えたちゃんか、梅田は！」

誰もいないと思って梅田を怒鳴ったが、ふと顔を上げてみると、遠く離れた席でニコニコと私たちを見守っている人物がいるのに気がついた。

「うわっ！　い、岩瀬課長。なんでここに？　今日は直帰だったんじゃ……」

私と梅田しかいないと思っていたのに、なぜ岩瀬課長がいるのだろうか。

ん？　ちょっと待てよ。

梅田め、岩瀬課長がいると知っていて、わざと私にちょっかいを出したな。

ギロリと梅田を睨《にら》み付けたが、ヤツはどこ吹く風だ。ギリギリと歯ぎしりをする私の耳元で、梅田は囁《ささや》いた。

「晃って呼べよ……茜」

「っ！」

ドクンと胸が大きく高鳴った。たぶん顔は真っ赤だと思う。

梅田の低くて甘い声に弱いとバレてしまってからというもの、彼はこうして私にいたずらをしてくるのだ。

全く、とんでもない男である。

いや、それよりも今は岩瀬課長への対応が優先だ。

「えっと、そのぉ……梅田、どうも熱があるようで」

私が苦しい言い訳をしている間も、岩瀬課長はニコニコと嬉しそうな笑顔で私たちを見ている。

何も言われないのが余計にキツイ。そして恥ずかしい。

「熱ならあるよ。茜がいつも色っぽいから、どうにかなってしまいそうで」

「なっ！」

梅田は岩瀬課長に聞こえるだろう大声で言った。

絶対にわざとだ！　ひどい！　もう、私……恥ずかしくて死ねる。

私が俯《うつむ》くと、岩瀬課長はようやく口を開いた。

「梅田。松沢が可愛いのはわかるが、あんまり苛《いじ》めるなよ」

「はい、了解です」

「全く。お前も現金なヤツだな。松沢が手に入ったと思ったら、大口の商談を何件も纏《まと》めるだなんてな」

「お褒《ほ》めにあずかり光栄です」

肩を竦《すく》めて楽しそうに答える梅田に、岩瀬課長は席を立ちながら笑った。

「じれったい二人がくっついてくれてよかったよ。見ているこっちはヒヤヒヤしていたからな。忘れ物を取りに戻ってきただけだし、そろそろ帰るとするよ」

そう言うと、岩瀬課長はコートを羽織《はお》り椅子をしまった。

「お疲れさまです」

梅田は爽《さわ》やかに言ったが、私は顔を上げることができない。

上司に、こんなところを見られるだなんて恥ずかしい。明日から会社に出勤しづらくなるじゃないか。

俯いたままの私に、岩瀬課長は声を上げて笑った。

「松沢。このぐらいで恥ずかしがっていたら、これから困るぞ」

「え？」

どういう意味だろうと顔を上げると、岩瀬課長は茶目っ気たっぷりにウィンクをした。

「梅田晃の営業スタイルは、大胆かつ繊細《せんさい》がモットー。これからは松沢に対しても、同じ戦略で挑《いど》むつもりじゃないのかな？」

「な、なんですか……その恐ろしいモットーは」

嫌な予感がして梅田を見ると、彼は意味深にほほ笑んでいる。

やめてくれ。まさか、他の社員の前でも、さっきみたいな調子で振る舞う気なのか。

恐ろしさで震える私に、岩瀬課長は手を振りつつ去っていく。

「い、岩瀬課長！」

泣きべそをかき、助けを求めるように手を伸ばしながら上司の名前を呼ぶが、振り返ってもくれなかった。どうやら逃げたらしい。

空《くう》を掴《つか》んだ手は、梅田の手に捕まってしまった。

「上司に俺たちの関係を報告できて、よかったな」

「よくない！　梅田、しっかりしてよ。頭のネジが緩《ゆる》んでない？」

梅田は、私と付き合い出してからというもの、色ボケしてしまった。

私も、多少は色ボケしているとは思うけど、この男ほどじゃない。それは声を大にして言える。

「茜を独《ひと》り占《じ》めしたいと思っているだけなんだけど……ダメなのか？」

「っ！」

本当に卑怯《ひきょう》だ。こう言えば私が黙ると思っている。そして悔《くや》しいことに、その通りなのだ。まんまと罠《わな》にはまる自分が情けない。

プリプリと怒りながら書類を片付けていると、目の前に女性向けの雑誌が広げられた。

「ん？　雑誌？　……水晶《すいしょう》占いのコーナー？」

「そう。ほら、ここ見て」

「あ！」

梅田が指さしたのは、あの水晶占いのお婆《ばば》様の名前だった。顔写真付きだから間違いない。

驚いている私に、梅田はさらにある箇所を指し示す。

「なあ、茜の誕生月のところ。読んでみろよ」

「う、うん……」

私は戸惑《とまど》いつつ、梅田の指の先の文字を追う。

――このところ、最悪な運勢だった貴女《あなた》。他人の声に振り回されることがあっても、それを乗り越えたとき、幸せが訪れる。

周りに「その男はやめておけ」と言われたとしても、絶対に離さないこと。その相手は、貴女の運命を握る人でしょう。来年には、劇的な変化がある――

読み終えた私は、首を傾《かし》げて呟《つぶや》いた。

「これは、どういう意味？」

「そのまんまだろう」

「……」

「あの水晶《すいしょう》占いの婆さん。わざと俺たちにああ言ったのかなぁ」

「え？」

驚いて梅田を見上げると、彼は唸《うな》りながら腕を組んでいる。

「一緒に来た俺たちを見て、少なからず想い合ってると推測したんじゃないかな」

「確かに」

なんの関係もない男女が、一緒に占ってほしいなんて来るはずはない。それもあんな夜遅くに。お婆様《ばば》は、私たちが胸の奥に秘めていた気持ちを察していたのだろうか。

「試されたんだよ、俺と茜は」

「試された？」

「そう。あの婆さんはわかっていたんだ。運命の男は別にいるってふっかけても、俺たちはいずれくっつくって」

「そう……なのかな？」

「真相は藪《やぶ》の中って感じではあるけどな」

そうだね、と返事をしたあと、私は雑誌を閉じた。

もう占いは信じないと決めたけど、今回の占い結果だけは信じたい。

絶対に離さなかった恋。この恋が、来年劇的な変化をとげ、幸せに繋《つな》がりますように——

「さぁて、仕事は終わったよな？」

私がそっと口元を緩《ゆる》ませていると、梅田が立ち上がり声をかけてきた。

「そっちは？」

「終わっていなければ、茜にちょっかい出さないよ」

「はいはい、営業部のエース様は仕事が迅速《じんそく》だこと」

デスクの上をキレイに片付けて、雑誌を梅田に返した。

「さて、帰ろうか」

「だな。今日は金曜日だし。このまま茜を持ち帰ってOK？」

「OKを出さなくたって、持って帰っちゃうつもりでしょう？」

拳《こぶし》を梅田の胸にコツンと当てると、腕を梅田に掴《つか》まれた。

「そろそろ名前で呼んでくれてもいいだろう？　仕事も終わったことだし」

「家に着くまでが遠足と一緒で、家に着くまではただの同期です」

カラカラと笑って、梅田をあしらった。

よし勝った、とガッツポーズをとったが、やはり梅田は営業部のエース。仕事のやり手は、恋愛もやり手だった。

「じゃあ家に着いたら俺の恋人になるから、たっぷり甘えること。OK？」

だから、そうやって流し目で甘い言葉を吐くなっつーの。

私は深く息を吐き出してから、背伸びをして梅田の耳元で囁《ささや》いた。

「わかりました。課長」

熱くなった頬を両手で押さえて答える私を見て、梅田は切なそうに眉を顰《ひそ》める。

「やっぱり、我慢できない」

「待って、梅田。ここは会社だってば！　んっ……！」

私の訴えは、そのまま梅田の唇に奪《うば》われてしまった。


私たち、神様も思わず目を逸《そ》らしてしまうほど甘い『恋活』継続中です——

恋活《れんかつ》！　～れんあいかつどう～

「ちょっと待って。梅田ってば！」

「待てない。茜を食べたい」

「いや待って。もう勘弁して！」

私と梅田が偽《いつわ》りではなく、本当の恋人になってから約一か月後の金曜日の夜。

明日は休みだからと、会社帰りに梅田のマンションでお酒を楽しんでいた。それが、いつの間にか、私は彼の手によってベッドに押し倒されている。

そこまでは、まぁいい。

問題は、最近の梅田の変貌《へんぼう》への対策についてだ。

今は、それをテーマに論文を書きたいほど悩んでいる。問題定義だけで、解決手段などは書くことができないのだけど。

豹変《ひょうへん》した梅田に対応できない私は、両耳を手で塞《ふさ》ぎ、ベッドでひたすら羞恥《しゅうち》に耐えている。

そんな私を見て、クスクスと嬉しそうに笑う梅田が小憎《こにく》らしい。

——どうした、梅田。

私は、ここのところずっと、この言葉を心の中で叫んでいる気がする。

つい先日まで、私たちは気の合う同期という間柄《あいだがら》だった。それが紆余曲折《うよきょくせつ》を経《へ》ながらも、恋人という関係に変化した。

そこまではいい。うん、なんだかんだ言っても幸せだから。

私にとっては、久しぶりの恋だ。多少浮かれてしまうのは致し方ない。

しかし、私はもともとサバサバした性格で、姉御《あねご》肌だと言われ続けている女だ。

そんな女が、いくら恋をしたからといって、急に可憐《かれん》な乙女になれるものだろうか。

梅田といるとドキドキして苦しいくらいなのに、それを表に出すことができないのだ。

それに、梅田の言葉や態度は、甘いなんてものじゃない。

コーヒーに砂糖を山盛り四杯入れ、その上にホイップクリームを浮かべたような具合だ。

とにかく人目を憚《はばか》らず、いつ、どんな場所でも、梅田は愛を囁《ささや》く。

すれ違いざまに言われる場合もあれば、私を口説《くど》くためだけに、わざわざ経理課に来ることもあった。

オリーブ・ベリー営業部のエースである梅田には、そんな無駄な時間はないはずだ。それなのになぜ？

梅田のことだから、仕事に支障が出ないよう気を遣っているとは思う。しかし、周りには私たちの関係はバレバレだ。

本当は隠しておきたかったが、今更どう言い繕《つくろ》っても無駄だろう。

先日。涼花にも、「ごまかそうとすればするほどバカップルみたいになるから、やめておけば?」と冷たく突き放されたばかりだ。

つらつらと思い出していた私は、大きくため息をつき、梅田に文句を言う。

「私は真剣に抗議しているの。それなのに、どうしてこうなるのよ!」

いつの間にか両手首を掴《つか》まれ、ベッドに押さえつけられてしまっている。

これでは、狼《おおかみ》さんにおいしく食べられるのを待つばかりだ。

といっても、大人しく食われる茜様ではない。こうなったら力ずくで脱出してやる。

ウンウン唸《うな》って逃《のが》れようとするのだが、所詮《しょせん》女の力だ。男の梅田に勝てるわけがない。

しばらくこちらの様子を眺めていた梅田は、私が疲れてぐったりすると、目を細めてうっとりと呟《つぶや》いた。

「ったく……なんでそんなに、無駄に可愛いんだろうな」

「え?」

「その可愛さのせいで、お前は今……俺に食われようとしているんだからな」

「待って、梅田。どうして私が悪いみたいになっているのよ」

恥ずかしさが込み上げてきて、梅田の顔をまっすぐ見つめることができない。

同期として長い間一緒にいたが、こんなに恋人に甘い男だとは思っていなかった。

歴代の彼女たちも、彼に同様の言葉を囁《ささや》かれていたのだろうか。

(それって……ちょっと面白くない)

横を向いて口を尖《とが》らせていると、梅田が私の顔を覗き込むように顔を近付けてくる。止める間もなく、彼の唇が私のそれを捕らえた。

「っふ……んん！」

梅田の言葉も甘いが、私が零《こぼ》す吐息と声も、かなり甘ったるい。

なんとか抑えたいと思うものの、すぐに梅田のキスに溺《おぼ》れてしまう。

しかし身体に火が点《つ》いた瞬間、唇が離された。

もっとしてほしい、とおねだりをしそうになるのを、急いで頭を振ってかき消した。

「そんな物欲しそうな顔して……俺を煽《あお》っている？」

「煽ってない、煽ってない！」

ぶんぶんと首を横に振ったが、梅田の目はもう――私のことを欲していた。

「茜……しよ？」

耳元で囁く梅田の声は、魔法みたいだ。唇が離れたときには、すでに私は、彼が欲しくて仕方がなかった。

どうしようもなくなってしまった私は、足をモジモジと擦《す》り合わせ、ゆっくりと梅田の首に抱きついた。

「晃……」

私なりの、精一杯のおねだりだ。これ以上は、とても言えない。

「こんなときだけ名前で呼ぶな。外でも呼べよ」

「無理だってば！」

梅田は、真っ赤になってうろたえる私を見て、「茜は恥ずかしがり屋さんだもんな」と意地悪く笑う。

悔《くや》しくて梅田の頬に軽くグーパンチをするが、そんな私の仕草《しぐさ》も愛《いと》おしいと思っているらしい。

彼の目が優しく細められた。

「俺の言葉なんて、たいしたことないだろう？　茜の方がよっぽど威力あるのにな」

それは絶対に嘘だ。抗議しようとしたが、梅田の唇によって制止されてしまった。

「っふぁ……ハァ……んっ！」

もっと私に触れてほしい。私も梅田に触れたい。セックスのときぐらい、オープンに好きだと伝えたい。だけど、自分の素直になれない性格が邪魔をしてしまう。

私のことを知り尽くしている梅田は、何も言わずに私の気持ちを汲《く》んでくれる。

そのたびに私を愛してくれていると実感するが、同時に申し訳なさで胸が痛くなる。

素直に梅田が好きだと言えたなら……彼はどんなふうに笑ってくれるのだろう。

「茜……もっとお前のこと見せて？」

梅田は私を抱き起こし、ワンピースのファスナーを下ろす。チラリと見えたブラジャーを見て、彼は色っぽく笑った。

この前、ネットで一目惚れして買ったブラジャーとショーツのセット。黒の布地が花柄で彩《いろど》られていて、赤いリボンがついている。黒地だからセクシーではあるけど、花柄のおかげでキュートさもあり、とても気に入っている。

「茜は、男勝《おとこまさ》りなところあるけど……趣味は本当に可愛いよな」

「うるさいなぁー」

悪態《あくたい》をつく私の胸に、梅田が顔を埋《うず》めた。ハーフカップのブラジャーから覗く肌に唇を這《は》わし、肌をキツく吸い上げる。

チクッとした甘い痛みに、私は思わず彼の頭をかき抱いた。

「何？　もっとしてほしいか」

違うと頭を横に振るが、梅田は胸にいくつも赤い花を散らしていく。

「や、やだぁ……そんなに痕《あと》をつけたら、何か言われちゃうわよ」

「こんなところを誰に見せるっていうんだよ。他の男に見せるとか言ったら、容赦《ようしゃ》しないぞ？」

「そうじゃなくて、女子更衣室で後輩たちに見られるでしょう」

キスマークをつけるのを阻止《そし》したいのに、すでに鈍《にぶ》く痺《しび》れてしまった私の身体は、言うことを聞いてくれない。

「見せつけてやれよ。そうすれば、会社中に俺と付き合っているのが本当だって伝わるだろ？」

「できれば、伝わってほしくないんだってば」

「何で？」

理由なんてわかっているくせに、梅田は意地悪なことを言う。彼の頭に、私はすかさずチョップをお見舞いした。

「私たちの関係におかんむりの女子社員が、たっぷりいるんだから」

「知ってる。だから見せつけろよ。茜はこれだけ俺に愛されているってこと……教えてやればいい」

「見せつけられるわけないでしょ！」

ムキになって反論するのに、梅田は笑いながら頬にキスをしてはぐらかす。

「そんな話より、今は俺にだけ集中していろ、茜」

蕩《とろ》けそうな笑みを浮かべる梅田を見て、鼓動《こどう》が異常なほど速くなる。

抗議したいことは、まだたくさんある。だけど、伝えることは無理そうだ。

梅田に抱き締めてもらいたいという感情が強すぎて、その他については考えられなくなってしまったから。

ぞくっとするほど悩ましい梅田の表情に、ドキドキが止まらない。

「ふふっ……くすぐったいってば」

「くすぐったい？　気持ちいいの間違いじゃないのか」

私が身を捩《よじ》らせるのが楽しいのか、梅田は先程からずっと脇腹をペロペロと舐《な》め続けている。

彼は身体を起こして、ブラジャーのホックを外した。梅田の指が行き着く先は、すでにピンク色に色づき、プックリと主張し始めた胸の頂《いただき》だ。

指で弾《はじ》き、捏《こ》ね回したあと、キュッと摘《つ》ままれると快感が身体の芯《しん》を駆け抜ける。

ギュッとシーツを握り締める私に、梅田は「可愛いな」と耳元で囁《ささや》いた。その声は、腰砕けになってしまうほどセクシーで、参ってしまう。

「はぁ……んっ……っあん」

声を漏《も》らす私を見て、梅田は胸の頂を口に含んだ。両手で胸を揉《も》みしだき、唇でチュッと吸われる。ビリリと走る甘い痺《しび》れに、思わず腰が動いた。

「あんん、ふっぁぁん」

私はハァハァと呼吸を乱し、ひっきりなしに喘《あえ》ぎ声を零《こぼ》す。

我ながら日頃の自分とギャップがありすぎて、彼に変だと思われていないか、気になって仕方がない。

だけど、梅田の手と唇、舌がいやらしく動くから、そう思っても声を抑えられなかった。

「は……ぁ、恥ずかしい……よ」

「恥ずかしくなんかないさ。でも、俺は恥じらう茜も好きだけどな」

梅田はクスクスと笑いつつも、愛撫《あいぶ》の手を止めることはない。

（梅田のヤツめ。今に見ていなさいよ。いつかギャフンと言わせてやるんだからね）

心の中ではいくらでも強がりを言えるが、こうして梅田に可愛がられてしまうと、悪態《あくたい》も強がりも影を潜《ひそ》めてしまう。

唇から零《こぼ》れ落ちるものは、強気の言葉ではなくて甘い吐息だけだ。

「もっと声出せよ……茜の声、好きなんだ」

「あああん……っやぁ」

ショーツに梅田の手がかかる。クロッチの辺りを指で何度も擦《す》られ、私はビクッと身体を跳ねさせた。

「そう……素直に反応すればいい」

「そ、そんなぁ……っやあぁ」

的確に私の良いところを刺激され、声が大きくなってしまう。

自分でも蜜《みつ》が溢《あふ》れ出てくるのがわかり、それが一層、羞恥心《しゅうちしん》を煽《あお》った。

きっとショーツは、ビショビショに濡《ぬ》れていることだろう。

「気持ちいいって言ってみろよ。もっと感じさせてやる」

「そ、そんなの、無理だってば」

「無理じゃないよ。身体は素直に反応しているんだから」

その通りだけど、言えるはずがない。

いやいやと首を横に振ると、梅田はクスッと色っぽい笑みを浮かべた。

梅田の表情が変わるたびに、私は何度も胸をときめかせてしまう。

「このままだと、感じない？」

そっぽを向いていると、梅田はクックッと低く笑い出した。

私を弄《いじ》って反応を見て楽しむ辺り、小学生男子と精神年齢が変わらない。

「意地悪！」

「意地悪？　俺は茜に対して意地悪をした覚えなんてないぞ」

心外だ、と眉を顰《ひそ》める梅田を見て、ため息しか出てこない。

自覚がなければ、それを改めることはできない。ハァ、と深く息をつく私に、梅田は相変わらず艶《つや》っぽい表情を浮かべる。

「余裕だな、茜は」

「え……？」

「じゃあ、もっと可愛がってもいいってことだな」

「いや、待って。そんなの一言もっ」

言っているそばから、梅田にショーツを脱がされた。彼は、声も出せずに驚く私の足を割り、蜜がたっぷりと溢れている秘所を、明かりの下に晒《さら》け出した。

「やっ！」

「ほら、こんなに濡れている」

そんなふうに言わないで、とか細い声で懇願《こんがん》したが、それがより梅田を煽ってしまったらしい。

彼はテラテラと蜜が光っている場所に顔を近付け、赤く充血した花芽《かが》を舐《な》め始めた。

ピチャピチャと淫猥《いんわい》な音を立てられて恥ずかしいが、気持ちよくて声が止められない。

「はぁんん……ま、待って。ちょっ……やぁん」

「ふふ。もっと感じろよ」

ぬるりとして生温かい梅田の舌に、花芽を捏《こ》ねくり回された。そしてズズッと蜜を吸われた途端に、快感が背を走る。

どんどん加速する悦楽《えつらく》に、私は理性を失いそうになってしまう。

「もうダメ……ッ」

ビクビクッと身体が痙攣《けいれん》し、全身が甘い快感に包まれる。

ぐったりと力が抜けた肢体《したい》は、もう自分では動かすことができそうにない。

凄く気持ちよくてフワフワしている。私の身体は貪欲《どんよく》に、さらなる刺激が欲しいと懇願《こんがん》していた。

花芽《かが》を舐《な》め続けていた梅田が顔を上げ、私のことをジッと見つめているのがわかる。

だけど恥ずかしくて視線を合わせることができない。

ソッと目を逸《そ》らす私に、彼は無理難題を突きつけてきた。

「茜、こっち見て」

「む、無理だから！」

私が即答すると、梅田は私の身体に触れることをやめてしまった。

物足りなさと寂《さび》しさを感じて、シーツを握り締める。彼は、私の耳に顔を近付けた。

フッと耳に息を吹きかけられ、それだけで背筋に淫《みだ》らな電流が走る。

「俺の顔を見ろよ、茜」

「ヤダ、無理。恥ずかしいのよ、勘弁して！」

シーツをたぐり寄せて顔を隠し、そっぽを向くと、悩殺《のうさつ》ボイスで囁《ささや》かれた。

「見てくれないと、これ以上はしないけど？」

シーツで隠れ切れていなかった背中を、指でツーとなぞられる。

その瞬間、子宮が甘い予感を感じ取り、キュンと疼《うず》くのがわかった。心はあまのじゃくなくせに、身体は本当に素直だ。

そっと様子を窺《うかが》う。優しげにほほ笑む梅田を見た瞬間、ドクンと大きく胸が高鳴った。

「ほら、シーツを離して」

「……」

「茜を感じさせて？　茜にもっと気持ちよくなってもらいたいんだけど」

シーツをはぎとられ、チュッとおでこにキスをされた私は、熱に浮かされたように呟《つぶや》いた。

「梅田は……私とエッチしていて気持ちいい？」

「……気持ちよくないとでも思っているのか？　ほら」

手首を掴《つか》まれて強引に誘導された先は、熱くいきり立つ熱い塊《かたまり》。一気に顔が熱くなる。

「じゅ、じゅ、充分わかりました！」

「わかればよろしい」

「……もうっ」

「ほら、おいで」

甘く誘う声に、私は迷わず手を伸ばした。その手をキュッと握り締めてくれた梅田の顔は、とても穏《おだ》やかで、それだけでホッと安心できる。

私もつられて笑みを浮かべると、次の瞬間、梅田は食らいつく勢いでキスをしてきた。

「ああっ……ん！」

先程までの優しい表情は、どこへ行ってしまったのか。涙が滲《にじ》む目で梅田の表情を見ると、彼は獰猛《どうもう》な獣《けもの》と化していた。

私の唇を貪《むさぼ》りながら、梅田は指を秘所へ伸ばした。

クリクリと花芽《かが》を弄《いじ》られ、弾《はじ》かれる。再び与えられる激しい刺激に、私の理性はどこかへ飛んで行ってしまった。

「やぁ、そこっ！」

「いやじゃないだろう？　ほら、蜜《みつ》がいっぱい出てきた」

それ以上は言わないで、そう訴えたいのに、甘い喘《あえ》ぎ声しか出てこない。

はふはふと、空気を吸うだけでも必死だ。

梅田は、蜜が溢《あふ》れ出るそこに指を入れ、グチャグチャと音を立てながらかき混ぜた。

その動きは的確に私の感じる場所を捉《とら》えていて、押し寄せる快感の波に、身も心も攫《さら》われてしまいそうになる。

「あああああっ！」

ビクビクと身体を反らせ、白濁《はくだく》した世界に身体を委《ゆだ》ねている間に、梅田は挿入《そうにゅう》の準備を済ませていたようだ。

荒い呼吸のまま、私は梅田を受け入れた。

「っ、はぁぁっん、やぁぁ」

体内の奥めがけて入ってきた塊《かたまり》は、強弱をつけ、私の感じる場所を探し出すために動く。

私が甲高い声を上げた場所を、梅田は何度も攻め立てる。

「そこダメだってば、梅田！」

「その呼び方じゃないだろ」

「っ、梅田は梅田だもんっ……」

「名前で呼ばれたい。何回言えばわかるんだよ」

学習能力ないな、とからかいの声を口にしながら、梅田は私の良いところを突いてくる。

「きゃぁっ……あああ」

「ほら、もっと感じて」

「っフ、ン……ァ」

イけ、と低く色っぽい声で梅田が呟《つぶや》いたと同時に、目の前がパチンと真っ白になる。

いつか絶対に梅田を慌てさせてやると心に誓いながら、私はそのままシーツに身体を投げ出した。

＊　＊　＊

「で？　今の話のどこに問題があるわけ？」

あれから数日後、私は会社帰りに涼花へ相談を持ちかけていた。

会社の最寄り駅から一駅離れた場所にあるファミリーレストラン。

会社のすぐ近くにもファミレスはあるが、いつ誰に会うかわからない場所で、秘密の相談なんてできない。

遠いからイヤだ、という涼花をなんとか宥《なだ》め、このファミレスに連れ込むことに成功した。そして、最近の悩みを彼女に聞いてもらったのだが……開口一番に先程の台詞《せりふ》だ。

その言葉にカチンときて、前に座る涼花を睨《にら》みつけた。

「問題あるでしょ？　ありすぎでしょ！」

「いや、私が聞く限り問題点はない。明らかにこれは惚気《のろけ》だよ、間違いなくさ」

涼花は呆れ顔でため息をついたあと、アイスクリームを口に運ぶ。

今日、相談したのは外でもない。梅田との関係についてだ。

端から見れば、すこぶる順調に見えることだろう。

特に波風が立っているわけではないし、涼花以外の人が聞いても、これのどこに問題があるのかと疑問に思うはずだ。しかし、私にとっては大問題なのである。

「だって……梅田が優しすぎるんだよ。どうしたらいいのよ!?」

「はぁ？」

冷たい視線を向けてくる涼花に、私は小声で呟《つぶや》いた。

会社の人間がいなくても、人に聞かれたくない話だ。

店内は学生たちの笑い声でうるさいぐらいだが、念のためボリュームを絞《しぼ》る。

「あのさ……私、真面目に悩んでいるんだけど」

私は声のトーンを下げ、涼花に真剣な目を向ける。が、彼女は相変わらず冷たかった。

「梅田課長が優しい？　結構なことじゃん。甘い言葉を吐く？　そんなの想定内でしょ？」

「想定内!?」

涼花の言葉に驚いて、思わず叫んでしまった。慌てて自分の口を押さえる私に、涼花はシレッと
なんでもない様子で頷《うなず》く。

「梅田課長の人気はさ、顔だけじゃないのよ。誰に対しても律儀《りちぎ》で丁寧だし、気遣いができる人だもの」

「確かに……」

「たいして親しくもない相手にすら優しい人が、心底惚れた女と付き合い始めたのよ？　ベッタベタに甘やかすのなんて、目に見えているじゃん」

あほらしい、と呟いたあと、涼花は再びおいしそうにアイスクリームを食べ出した。

涼花の言う通りかもしれない。梅田は、ただの同期だった頃の私にもすこぶる優しかったし、面倒見がよかった。

コーヒーが入ったカップを持ったまま考え込む私に、涼花がチラリと視線を投げかけてきた。

「まぁ、もともと茜は恋愛体質じゃないしね」

「涼花……」

「今まで恋愛がうまくいかなかったのは、茜のそういう鈍感さも原因だと思うけど」

「ごもっともで」

言われてみれば、思い当たるふしがたくさんある。私はこれまで、ちょっといい雰囲気になった

男に、どうしても友達にしか見えないと言われ続けてきた。

それは、私の無神経さも原因のひとつだったのかもしれない。

甘い言葉を言われても、笑い飛ばしていた気がする……。これでは、女として口説《くど》かれなくなっても仕方がない。

梅田との恋も、かつてと同じ道をたどってはいないか。このままじゃ、今までの教訓も生かされず、同じような別れを迎える可能性がある。

「どうしよう！　涼花。どうしたら恋愛体質になれるの？」

「そりゃあ……梅田課長の前では、めいっぱい乙女になるしかないでしょう」

「それができれば苦労してないよ！」

髪をかきむしってうろたえる私に、涼花は容赦《ようしゃ》なく、心をえぐる言葉を放《はな》った。

「できなければ、梅田課長と別れることになるかもよ？」

「そんなの困る!!」

コーヒーが飛び散るぐらい勢いよくカップをソーサーに置くと、私は、驚いて目を白黒させる涼花の手を掴《つか》んだ。

「お願い！　涼花だって恋愛体質じゃないでしょ？」

「……まあね」

「だけど、幼馴染《おさななじみ》の婚約者とは、ラブラブなんでしょ？」

「うちは……相手が変わり者だから、なんとかなっているだけで……」

視線を泳がせている涼花を見て、私は確信した。

こんなふうに言ってはいるが、婚約者の前では可愛い女になっているに違いない。何か秘策があるはず。私は、涼花に向かって必死に頭を下げた。

「頼む！　一生のお願い。どうやったら恋人の前で可愛くすることができるのか伝授して！」

涼花にそうお願いしたが、あっさりと切り捨てられた。

「伝授って……そんなもの、あるわけないじゃん！」

「ケチってないで教えなさいよ」

「ケチってない！」

大きなため息とともに、涼花はアイスを食べるのをやめ、柄《え》の長いスプーンをソーサーに置いた。私の顔を哀れみの目で見つめたあと、投げやりな言葉を呟《つぶや》く。

「今まで恋愛に発展しそうなときはさ、それなりに乙女していたんでしょ？」

「……」

「その記憶を思い出せばいいんじゃない？　で、継続する。うん、簡単、簡単」

簡単じゃないから相談したのに、とブツブツ文句を言っていると、涼花は時計を確認して、立ち上がった。

「どうしたの？」

「ごめん。これから用事があるんだ。惚気《のろけ》話、ご馳走様《ちそうさま》でした」

「惚気じゃないって言ってるでしょう！」

噛《か》みつかんばかりの勢いで抗議したが、涼花は大笑いしてファミレスを出て行ってしまった。

結局、涼花からは、可愛い女子になるための秘策を教えてもらうことはできなかった。

「乙女になるって……こんなにも難しいものなんだなぁ」

冷《さ》めてしまったコーヒーに口をつけ、私は深々とため息をついた。

「私って、今までどんな恋愛をしていたっけ？　デートも……経験したよね？」

はるか昔の記憶をたどる。まずは高校生の頃だ。

初めて彼氏ができて浮かれていたのを覚えている。ただ、そのときの恋は、やっぱり友達の延長。デートといえば、彼に付き合ってバッティングセンターばかりだった気がする。

短大生になって付き合った彼とは、カラオケや食事といったオーソドックスなデートを繰り返した。だけど、いつも誰かしら友人が一緒にいたので、二人きりになるということは少なかった。

社会人のときのデートの記憶は、そこそこ長く付き合っていた彰久とのものが多いけど……

「でも……何をしていたかなぁ？」

お互い仕事が忙しくて、会う機会を作るのが大変だった。仕事終わりに会って、食事して……そういえば、甘い雰囲気になることはあまりなかった。

「楽だから、長持ちしたのかなぁ」

今となっては、あの頃の気持ちを思い出すことができないが、彰久とも友達の延長線上にあったのかもしれない。しかし過去の恋はもういい。今が大切だ。

この恋だけは――梅田だけは諦めたくない。

ただの同期になんて、戻りたくない。

そう思うのだけど、具体的な解決策は浮かんでこない。

（世の中の恋人たちは、二人きりのときにどう過ごしているの？　甘い雰囲気って何!?）

大声で叫んでしまいそうになるのをグッと抑えたあと、深々とため息を零《こぼ》した。

（すぐには、性格は変わらないよね）

なんとかなるさ、と不安を打ち消したつもりだったけれど――

＊　＊　＊

「あら、ごきげんよう」

「……こんにちは」

涼花にすげなくされてから数日後。仕事を終えた私は、会社の廊下で緑山医師と遭遇《そうぐう》した。

「もう、足の具合はよくて？」

「え、ええ……おかげさまで」

辛うじて笑顔を作る私は、大人だと思う。目の前の緑山医師は、相変わらず香水の香りをプンプンさせ、豊満《ほうまん》な胸を強調させる服を纏《まと》っている。

階段から落ちて捻挫《ねんざ》をして以来なので、緑山医師とは久しぶりに顔を合わせた。

思えば、あの事故は、梅田と正式に付き合い始めるきっかけのひとつだった。

なかなか素直になれないのは変わらないが、順調な交際ぶりに、私は内心ホッとしている。ところが、緑山医師はそうは思っていなかったらしい。

「ねぇ、松沢さん」

「なんですか？」

この人が私を嫌いだというのは、過去の出来事で思い知らされている。できれば関わりたくない。それに、さっさと帰りたいのだ。

早く話を切り上げて逃げようと考える私に、彼女は冷たい視線を向けてきた。

「貴女《あなた》と梅田さん。本当に付き合っているの？」

「は……？」

突然何を言い出したのか、この人は。私は驚いて目を見開いた。

私と梅田が付き合いだして以来、彼が私に対してとる言動の数々は、すでに会社中に広まっている。

緑山医師なら、まっ先にそういった情報を取り寄せていそうだ。

訝《いぶか》しげな顔をする私に、彼女は高飛車《たかびしゃ》な笑い声を上げた。

「本当、梅田さんが可哀想ね」

「え？」

ぽかんと口を開ける私を見て、緑山医師はさもおかしそうに、肩を小刻《こきざ》みに震わせる。

「だって、梅田さんがあんなに優しく貴女に接しているのに。何よ、あの態度」

「っ！」

「可愛げなさすぎて、梅田さんに同情しちゃうわ」

言葉が出なかった。私がずっと悩んでいたことを緑山医師にズバッと言われてしまっては、立つ瀬がない。

黙っているのを肯定《こうてい》と受け取ったらしい。緑山医師は、勝ち誇《ほこ》ったように腰に手を当てた。

「梅田さんが目をかけてくれただけ、有り難いと思いなさいよ」

「……」

「彼が貴女に飽《あ》きるのは、時間の問題よね」

緑山医師の甲高い笑い声が、静かな廊下に響き渡る。就業時間はとっくに過ぎた今、他に社員の姿は見えない。それだけが救いだった。

「もしかして梅田さん、Mっ気があるのかしら。そうでなければ、貴女にあんなふうに冷たくあしらわれても付き合い続けるだなんて、おかしいもの」

「なんですって！」

私のことは何を言われようと事実だから仕方ない。だけど、今のは絶対に許せなかった。梅田が悪く言われるのを、流すことができるものか。

ピクッと眉を震わせた私を見て、緑山医師の唇の端に皮肉な笑みが浮かんだ。

「枯れ女だった貴女は、結局愛されないのよ。お気の毒様」

それだけ言うと、緑山医師は白衣を翻《ひるがえ》し、行ってしまった。

颯爽《さっそう》と歩く彼女の背中を見て、私は悔《くや》しさと悲しさで唇をきつく噛《か》んだ。

やっぱり他人から見ても、私の態度はいただけないということなのだろう。

梅田も、私のことを可愛げのない女だと思っているのだろうか。

(だって、梅田は絶対にMっ気なんてないし!)

どちらかといえば、梅田はSだ。恥ずかしがる私を弄《いじ》るのが好きだから、絶対にそうだ。そんなこと、緑山医師には絶対に言えないけれど。

「やっぱり……素直にならないとダメかぁ」

可愛げがない態度をとっているということは、自分でもよく認識している。悔しいけれど、緑山医師が言っていることは正しい。

もっと努力しなくちゃ恋は続かない。今まで恋愛が長続きしなかったのは、素直に好きだと言うでもなく、ひたすら楽な関係を求めていたせいだ。

「でも……わかっているのにできないときは、どうしたらいいんだろう?」

考え事をしながら歩いていたら、いつの間にか駅とは反対方向にいた。

思い詰めると周りが見えなくなるのは、私の悪い癖《くせ》のひとつ。ひっきりなしにため息が出てしまう。

男勝《おとこまさ》りで荒っぽい。周りにはそう思われている私だけど、本当は弱虫だ。

「お腹がすいたなぁ……」

こんなときこそ梅田に会って、抱き締めてもらいたい。だけど、残念ながら梅田は出張中だ。

しかし、このまま家には戻りたくない。ふと思いついたのは『定食屋』だった。ここからなら、歩いてすぐの距離だ。

私は迷わず『定食屋』へ向かった。

「おじちゃん、おばちゃん。こんばんは！」

努めて明るい声を出しながら、店の引き戸を開ける。その途端に、おいしそうな匂いがした。いつもどおりの『定食屋』の様子にホッと息をつく。

「おう、お嬢《じょう》ちゃん。今日は兄ちゃんと一緒じゃないのかい？」

「うん。梅田は出張なんだ」

「はぁー、サラリーマンも大変だなぁ」

フライパンを振りつつ、ガハハと豪快に笑うおじちゃんを見て、心が温かくなる。やっぱり来てよかった。

手近な席に座って、おじちゃんと話していると、おばちゃんがお茶を持って来てくれた。

「ちょっと茜ちゃん、どうしたの？　元気ないわね」

「そう見える？」

「見えるわよ！　何かあったの？　それとも仕事で疲れたのかい？」

おばちゃんの質問には答えず、私はあやふやに笑う。やがておじちゃんがカウンターから身体を乗り出してきた。

「なんだ、お嬢《じょう》ちゃん。兄ちゃんと喧嘩《けんか》でもしたのか？」

「え？　違うよ」

笑いながら否定をしたけれど、おじちゃんは訝《いぶか》しげに私を見つめている。

「兄ちゃんはお嬢ちゃんにベタ惚れだから、心配するなよ。おじちゃんが保証してやる！」

ポンと胸を叩いて誇《ほこ》らしげに笑うおじちゃんに、涙腺が緩《ゆる》んでしまいそうだ。

そのことを二人に悟《さと》られる前に、慌ててサバ煮定食を注文した。

料理ができ上がるまでの間、私はつけっぱなしのテレビに視線を向ける。

放送しているのは人気のあるバラエティ番組。今回はタレントが有名占い師に占ってもらうという企画をやっていた。

「え……？」

テレビに映し出されたのは、あの水晶《すいしょう》占いのお婆様《ばば》だった。相変わらず眼光が鋭く、異様なオーラも健在だ。

女性タレントが神妙《しんみょう》な顔をして、お婆様からの占い結果を聞いている。彼女は私と年齢、星座、血液型が同じなので、つい見入ってしまう。

『あまり悪い結果が出なくて、安心しました』

一通りの結果を聞き、心底ホッとした様子の彼女を見て、私もお婆様に占ってほしいと思った。

だけど、すぐにその考えを打ち消す。

必要以上に占いを頼らない。一連の出来事を経験して決めたことだ。

テレビを見るのをやめようかと思ったときだった。突然、お婆様の顔がアップで映し出された。

『恋愛が停滞気味《ていたいぎみ》のそこのアンタ。旅の恥はかき捨てよ！　旅行をして、いつもと違う環境で、もっと自分をさらけ出すこと。それが幸運に繋《つな》がるぞ』

タレントたちが「どういう意味ですか」と問いかけたが、お婆様は無言でその場をあとにした。

スタジオは騒然としている。

(びっくりした……なんなの、今のは)

今、自分に忠告されているように感じた。全国放送だから、そんなことはあるはずがない。だけど、画面越しにお婆様と目が合った気がした。

(いやいや、勘違いだよね。それに占いはもう信じないって決めたばかりでしょう)

だけど、何度忘れようとしても、お婆様の言葉が焼きついて離れない。

「占いうんぬんは置いておいて、梅田と旅行っていいかも」

違う土地に行けば、気分が変わる。今までとは違うことをして、梅田に甘えてみるチャンスだ。

(梅田と友達に戻るなんて、絶対にイヤだ)

旅の恥はかき捨てよ！　お婆様の声が、ずっと私の脳裏《のうり》から離れなかった。

＊　＊　＊

「素直になれないのぉー、って悩んでいた人間が、今度は旅の行き先で頭を悩ませているわけ？」

「うるさいわよ、涼花も手伝ってよ」

「手伝うって……茜と梅田課長の旅行を、なんで私が考えないといけないのよ」

翌日。今日も涼花と内緒話をするために、また一駅分歩いてファミレスにやって来た。だが、彼女は相変わらずつれない。

涼花は冷《さ》めた目で、テーブルに山積みにされたパンフレットを見ている。

今朝、駅前の旅行代理店でどっさりもらってきたのだが、調べてみると一泊二日で行けそうな場所がいっぱいあった。

とにかくステキな旅にしたい。そして、私が素直な可愛い女子になれればベストだ。自然と気合いが入るというものである。

だけど、行き先の候補がありすぎて、なかなか一人で決められない。

「どうしよう……どこがいいのかわからない」

「だから、梅田課長と決めればいいじゃないの」

呆れた顔でパンフレットを眺める涼花に、私は首を横に振った。

「それはダメ」

「なんで？」

「内緒にしておきたいの」

「どうしてよ？」

涼花は眉を顰《ひそ》めた。私はパンフレットを捲《めく》る手を止めて、真剣に呟《つぶや》く。

「私の決心が鈍《にぶ》るから」

「は……？」

わけがわからない様子の涼花に、私は背中を丸めた。彼女は怪訝《けげん》な顔で私に質問してくる。

「だから決心が鈍らないように、早めに宿を予約しておけば？」

「そうなんだけどさ。梅田に話しちゃったら、絶対に行かなきゃダメでしょ？」

「ん？」

「それで、いつやめてもいいように、ギリギリまで言わないでおこうかな、と」

やけ酒、もとい、やけコーヒーを飲み干す私に、涼花は「アホらしい！」と叫んだ。

確かにアホらしいかもしれないが、私にしてみたら死活問題である。

梅田に呆れられたら……。恐ろしくて、とても言い出せない。

彼女の視線がやけに痛くて、私は視線を逸《そ》らしつつ再びカップに手を伸ばした。が、カップの中は空《から》っぽだ。

仕方ない、ドリンクバーに行ってくるかと腰を上げた瞬間、涼花が口を開いた。

「茜はさ、梅田課長とずっと一緒にいたいから悩んでいるんだよね」

「もちろん」

力強く頷《うなず》き、再びソファーに腰を下ろす私に、涼花は腕組みをして言葉を続ける。

「じゃあ、旅行は決行しよう。で、場所は私が決める。任せなさい」

フフンと鼻で笑う涼花だが、目が怖い。どうやらやる気スイッチが入ってしまったようだ。

彼女が一度突き進むと決めたら、この世の誰も止めることはできない。長年親友をしている私は、それをよく知っている。

（とんでもないことをしでかすに決まっている！）

そう予感した私は猫なで声で涼花を止めようとしたが、すでに遅かった。彼女はやる気満々すぎて話を聞こうとしない。

逃げるために立ち上がろうとした私の腕を涼花がガッシリと掴《つか》む。こちらを見上げる彼女の目はそりゃもう、怖いなんてものじゃない。

「す、す、涼花さん……やる気になっているところ申し訳ないのですが、私が責任を持って作戦を決行いたしますので、涼花さんは待機ということでお願いします」

「いえいえ、茜さん。親友として手助けをさせていただきますよ」

「とんでもないですわ。涼花さんは婚約されたのですから、忙しいはず。お手間を取らせるわけには」

「ふふ、何を遠慮することがあるのですか。私と茜さんの仲でしょ？　で、今度の土日は二人とも空《あ》いてるのね？」

「は、はい……」

旅行のことは言っていないが、梅田のスケジュールは押さえてある。私は涼花の気迫《きはく》に負けて何度も頷《うなず》いた。

任せなさい、と笑顔で言ったあと、涼花は突然店の外に出て行ってしまった。その後ろ姿はどこか生き生きとしている。

怖い、怖すぎる。涼花に任せておいたら、とんでもないことになりそうだ。なんとかして彼女のやる気をそげないかと考えてみたが、もう回避できないところまできてしまったらしい。

「おーい、茜。土曜日に宿を取っておいたから。絶対に行くように！」

約十分後、席に戻ってきた涼花は、嬉々《きき》として報告してきた。怪しい、怪しすぎる。

「えっと……どこの宿を取ったの？」

「内緒」

うふふ、と彼女らしからぬ可愛らしい笑いに、私は困惑した。

「内緒って……どこに行くのかも教えてもらえないの？」

「直前まで教えてあげなーい」

なんでよ、と食ってかかると、涼花は冷静な顔で言い放《はな》つ。

「あれこれ予備知識を与えると、尻込みするでしょ？」

ウッ、と呻《うめ》き黙り込む私に、涼花は容赦《ようしゃ》ない。

「場所を教えたら、予約をキャンセルするかもしれないし」

ごもっともすぎて何も言えない。とはいえ、ヒントぐらいくれてもいいじゃないか。そう頼み込むと、「仕方ないわねぇ」と二つのキーワードを教えてくれた。

「ダウンジャケットと、スタッドレスタイヤ？」

もしかして雪国だろうか……？

私が首を傾《かし》げていたら、涼花は少し笑って続けた。

「ヒントはそれだけ。暖かい格好をして行きなよ。間違っても、生足でスカートはやめておいて、風邪ひくから」

サラリと怖いことを言った涼花は、これ以上は何もヒントをくれなかった。

「梅田課長には、私から言っておく」

「え？」

「梅田課長をけしかけておけば、茜が逃げ出せなくなるでしょ？」

そう言って笑う女、南涼花。彼女に勝てる日は——たぶん、一生来ない。


そして土曜日、旅行当日。

涼花は、やっぱり行き先を教えてくれなかった。

朝、梅田が車で私の家まで迎えに来てくれたが、今もまだ行き先を知らされていない。

「おはよう。南に言われた通り、スタッドレスタイヤに換えてきたぞ」

爽《さわ》やかな笑顔で梅田に手招きされ、私は助手席に乗り込んだ。

その途端に、なんだか申し訳なさが込み上げてくる。

涼花は、この旅行の目的について、どこまで梅田に話してしまったんだろう。

「梅田も涼花から何も聞いていないの？」

「ああ。行くときはダウンジャケットとスタッドレスタイヤが必須ってだけしか聞いてない」

「宿泊先については？」

「ん？　今日泊まる宿は、南の知り合いのところだって言っていたかな。でもどの辺りなのかは、全然教えてくれなかった」

そう言うと、梅田は肩を竦《すく》めて苦笑した。

簡単に宿の予約を取れたことが不思議だったが、そういったからくりがあったというわけか。

なるほど、と何度も頷《うなず》いていると、どこからか軽快なメロディーが聞こえてきた。

「あ、南からメールだ」

梅田はメールを見ながらカーナビに住所を入力し始めた。出発直前になって、やっと場所を教えてくれたようだ。

住所を入力すれば、宿の名称が出るだろう。しかし、入力してみても、宿の名前はわからなかった。

「南のヤツ。徹底《てってい》しているな。最後の最後まで俺たちに行き先を教えないつもりみたいだ」

「涼花に電話してみようか？」

私は鞄《かばん》からスマホを取り出そうとしたが、運転席から伸びてきた梅田の手に止められた。

「一応住所はわかっているんだし、特に問題はないだろう」

「そうだけど……」

「ミステリーツアーみたいで面白そうだな。よし、出発するぞ。シートベルトはきちんと締めたか？」

「締めた！」

慌てて確認する私を見て、梅田が糖度百パーセントの笑みを浮かべた。それだけで、私はもう何も言えなくなってしまう。確かに、ミステリーツアーと思えばいいよね。あまり考えても仕方がない。

赤くなった頬を隠すために外へ視線を向けると、梅田がクスクスと笑っているのが聞こえた。また私はからかわれたようだ。

梅田の甘い笑顔を向けられると、身体も頭も動かなくなる。

こんなの反則だ！　そう叫びたいのに、声も出ない。

出発前から、私はかなりのダメージを受けてしまった。梅田の手の中で転がされている気がして悔《くや》しい。

挙動不審《きょどうふしん》な私を笑いながら、梅田は車のエンジンをかける。車がゆっくりと動き出し、カーナビに従って移動する。

この一週間、梅田は出張で飛び回っていたから、こうしてゆっくり顔を合わせるのは久しぶりだ。嬉しくて、心が浮き足立ってしまう。

こんなにドキドキしたり、ハラハラしたり、好きすぎて胸が苦しくなるなんて、今まで経験してこなかった。

（と、いうことは二十九歳にして、初恋!?）

衝撃《しょうげき》的な事実に、頭がクラクラする。とにかく心を落ち着かせようと、家から持ってきた水筒《すいとう》のお茶を取り出した。

零《こぼ》さないように気をつけて、カップに注ぎ、赤信号で車が止まっている隙《すき》に、梅田に手渡した。

「熱いから気をつけて」

「サンキュ」

再び梅田の甘い笑みを直視してしまった。

顔がポッと赤くなるのが、自分でもわかる。直後、信号が青に変わり、梅田が前を向いたおかげで、真っ赤になった顔を見られずに済んだ。

旅行に出かけたとはいえ、すぐに素直になれるわけではない。行きの車中でそのことを悟《さと》ってしまった私は、水晶《すいしょう》占いのお婆《ばば》様に心の中で悪態《あくたい》をついた。

高速に乗り少し経つと、だんだんと山がちな景色に移る。途中、サービスエリアに寄って休憩《きゅうけい》しながら、安全運転で走る。

目的地付近のインターチェンジに着く頃には、辺りは真っ白な銀世界になっていた。

「確かに、ダウンジャケットとスタッドレスタイヤが必要だな」

梅田が小さく呟《つぶや》いた。この雪でノーマルタイヤのまま走ったら、スリップ事故を起こしかねない。スタッドレスタイヤにしてきて本当によかった。

「外、めちゃくちゃ寒そう」

「茜は、ちゃんと防寒対策してきたか？」

「ばっちり。モコモコにしてきた」

とにかく寒いということは、あらかじめ聞いていたから、防寒対策はぬかりない。ダウンジャケットはもちろん、毛糸の帽子に、ネックウォーマー、足元はムートンのブーツ。

その上、ポケットにいくつもカイロを忍ばせている。

私の張り切りようは、まるで遠足に行く小学生みたいだ。

色々思い悩むことはあるけれど、私は純粋にこの日を楽しみにしていた。

梅田と長く一緒にいられる、それだけで嬉しくて仕方がない。

しばらく走った頃、梅田がふいに呟いた。

「どうやら、ここみたいだな」

「へ？」

彼の言葉とほぼ同時に、カーナビの案内が終了する。目的地に到着したのはいいものの、その場所を見て、私は顔を引き攣《つ》らせた。

「オートキャンプ場!?」

銀世界の中にポツンとあったのは、オートキャンプ場の看板だった。

辺りを見回したが、他に宿の看板は見当たらない。

管理棟の前に車を停めると、それを待っていたかのように、私のスマホがメールの受信を知らせた。

メールの送り主は涼花だ。

『キャンプ場の管理棟に行って、梅田課長の名前を出して。話は通してあるからさ。いい夜になるといいね』

どうやら今日泊まる場所は、このオートキャンプ場で間違いないらしい。雪が降りしきる極寒の地でキャンプ……。イヤな予感は的中したみたいだ。

こんな寒い中、テントを張って寝泊まりをしろと言うのか。その道のプロなら大丈夫だろうけど、私はアウトドアについては、超がつくほどの初心者だ。

涼花に文句を言わなければ、と電話しようとしたが、梅田に止められた。

「まぁ、待てよ。とりあえず管理棟に行ってみてから考えよう」

先に車を降り、助手席のドアを開けて「ほら」と私に手を差しのべる梅田に、一瞬戸惑《とまど》ってしまう。

喜んで手を重ねればいいのに、それが自然にできない。だけど、本心では彼と手を繋《つな》ぎたい。

「おいで、茜」

「ほんのちょっとの距離でしょう?」

悪態《あくたい》をつく私の手を、梅田は強引に握った。ほんのりと伝わる温かさに、私の頬は、きっと真っ赤になっていることだろう。

彼は私の顔をちらっと見たが、特に指摘することはなかった。内心でホッと胸を撫《な》で下ろす。

管理棟の扉を開いた私たちを、オーナーさんが笑顔で迎えてくれた。

「梅田様ですよね。涼花ちゃんから聞いています。今日は、ありがとうございます」

「いえ、お世話になります」

梅田が頭を下げたのに続き、私もお辞儀をする。

「先日から雪に見舞われてキャンセル客が相次いだんです。オートサイトの方は三組いるけど、コテージの方は誰もいません。二人で静かに過ごせると思いますよ」

コテージと聞いて、安堵《あんど》の息を吐いた。さすがに、雪の降る外でキャンプは無理だ。

しかし、オートサイトの方に三組いるということは、この大雪でテントを張るのだろうか。

アウトドアが好きな人なら、どんな状況でも楽しんでしまうのかもしれない。私には無理な話だけど。

「梅田様にお泊まりいただくのは、このコテージですよ。一つだけ少し遠くにあるのですが、自慢のコテージなんです」

「それは楽しみですね」

キャンプ場のマップで場所を確認したところ、確かにオートサイト場からも離れていて、コテージサイトの中でも一番遠くに位置するようだ。

あれこれ注意事項を聞いたあと、車に戻ろうとした私たちにオーナーさんが声をかけてきた。

「そうそう。涼花ちゃんから荷物が届いていたから、コテージに置いておきましたよ」

「ありがとうございます」

オーナーさんに頭を下げたあと、私は首を捻《ひね》って考える。涼花から荷物の話なんて聞いていない。

一体、彼女は何を送ってきたのだろう。

「ほら、茜。早く乗ろう」

「あ、うん」

慌てて車に乗り込み、雪の上を走った。キャンプ場だけあって、木々が生《お》い茂《しげ》っている。枝に雪が降り積もり、時折そこから勢いよく雪が落ちていく。

「ほら、あそこだ」

「うわぁ……」

そう言って梅田があるログハウスを指さした途端、思わず感嘆の声が漏《も》れてしまった。ログハウスに釘付けになっている私に、車を停めて降りた梅田は茶目っ気たっぷりに笑う。

「茜の趣味、ど真ん中だな」

確かにその通りだ。こぢんまりとした煙突つきのログハウスは、絵本の世界のおうちのようだ。辺り一面銀世界という状況が、より一層ムードを高めている。

私も車から降りると、ワクワクする気持ちを抑えて、梅田の背中に雪の玉を投げた。

「なによ、乙女趣味だとでも言いたいわけ？」

「図星だろう？　そんなに恥ずかしがるな」

今度は梅田が私の顔めがけて雪玉を投げてきた。見事ヒットした私の顔は、無残にも雪まみれだ。

「うーめーだー」

「待て、茜。ここで雪まみれになったらびしょ濡《ぬ》れになるだろう？」

「問答無用！　覚悟しなさい」

結局、二人して雪合戦を始め、気がついたときにはお互い雪まみれになってしまった。お互いの状態を笑い、身体についた雪を払い合ったあと、ようやくログハウスの中へ入る。

内装も、外観を見て高まった期待を裏切らないくらいステキだ。

自然な温かみのある照明の下に、薪《まき》ストーブやロッキングチェア、木製家具が並ぶ。カントリー調の空間に感嘆のため息が零《こぼ》れた。

クルクル回りながら部屋の中を見る私に、梅田は薪ストーブに火を点《つ》けつつ苦笑まじりに言った。

「ほら、茜。風呂入ってこいよ」

「え？」

「早く身体を温めた方がいい。風邪をひいてしまう」

「で、でも……梅田も身体が冷えているでしょ？　先に入っていいよ」

梅田はここまで運転もしてきたから、身体も疲れているだろう。そう思って先にお風呂に入るように促したのだが、突然彼が私に近付き、抱きついてきた。

「じゃあさ、一緒に入る？」

「へ……はぁ!?」

最初、何を言われたのかわからなかったが、理解した瞬間、ポッと顔が一気に熱くなった。

「それなら、順番なんて気にしなくていいだろう」

慌てふためいて逃げ出そうとする私の耳元で、梅田が囁《ささや》く。その声はやけに甘くて、聞いただけで腰砕けになりそうだった。

「そ、そう言われましても……」

「何を今さら恥ずかしがっているんだよ。お前の身体は、隅《すみ》から隅まで堪能《たんのう》し……」

梅田が言い切る前に、それ以上は言わないで、と私は彼の口を両手で覆《おお》った。

しかし、梅田は両手が塞《ふさ》がった私の衣服にガシッと手をかける。

「ちょ、ちょっと！」

慌てて彼の口から手を外したが、時すでに遅かった。

「はいはい、さっさと脱ごうか」

「いやいや、待って。待ってってってば！」

ダウンジャケットのファスナーが下げられ、シャツを脱がされた。抵抗したものの、梅田の動きは素早く、私はあっという間に下着姿にされてしまった。

すると、彼は自分もためらわず脱ぎ捨てていき、全裸になる。

「シャワーで身体を流している間に、浴槽《よくそう》にお湯を張ればいい」

梅田はそう言いながら、私の項《うなじ》に唇を這《は》わせた。ゾクゾクと身体を走る震えは、寒さのせいだけじゃない。

そのまま肩を抱かれ、バスルームに連れ込まれた。

梅田はバスタブにお湯を入れ始めたあと、シャワーのコックを捻《ひね》った。

お湯が肌に当たると、痛いくらいに染みる。思っていた以上に身体が冷えていたらしい。

「温かい……」

「だいぶ身体が冷えちゃったからな」

「ほら、梅田もシャワー浴びて」

「ありがとう。バスタブにお湯が溜まってきたから、先に入れよ」

シャワーヘッドを梅田に渡し、私はゆっくりと湯船に浸《つ》かった。ジワジワと身体が温まっていくのがわかる。

「雪遊びしすぎちゃったね、うめ……っ!?」

「ん？　なんだ？」

「な、な、なんでもない」

童心に返り、雪遊びに夢中になったときの話をしようと梅田を見たのだが、彼の裸体をしっかり見てしまい、慌てて視線を逸《そ》らした。

こちらから梅田が見えているということは、私の身体も彼に見えるということだ。

何か身体を隠すものはないかと探したら、ボディーソープが目に入った。都合よく、泡風呂として使用できるヤツだ。

急いで浴槽《よくそう》のお湯に数滴垂らしたあと、勢いよくかき混ぜる。すると、きめ細かい泡がどんどん生まれてくる。

「なんだ、泡風呂にしたのか？」

「う、うん」

「これだと茜の身体が見えないだろう？」

「いいの！」

真っ白でフワフワの泡は、私の身体を隠してくれる。ああ、良かった。泡風呂バンザイ。

フゥーと泡を飛ばして遊ぶ私を背後から抱き締める形で、梅田がバスタブに入ってきた。

お湯の温かさと、彼の体温が心地いい。

泡のおかげで、私の身体はすっかり隠れてしまっている。至近距離にいる梅田にも、見ることができないだろう。

あとは、お風呂を出るときに、梅田に先に出てもらえば問題なしだと思っていた。

だが……私の読みは甘かったらしい。

「ちょ、ちょっと梅田」

「茜が泡風呂にしてくれたおかげで、違う感触で茜の身体を堪能《たんのう》することができるな」

梅田の手が胸を揉《も》み出した。ソープのせいで、いつもとは違う感覚が身体を走る。

頂《いただき》を摘《つ》まんだり、ヒップに手を沿わしたりと、ヌルヌルと動く彼の手がとても気持ちよくて、そのたびに鼻にかかったような声が出てしまう。

「ああっ……はぁ……ん」

私の喘《あえ》ぎ声がバスルームに響く。エコーがかかって、より羞恥心《しゅうちしん》が煽《あお》られた。

「もっと声出せよ。ここなら誰にも聞かれないよ」

「っ……やぁ……ふぅん」

確かに、オートサイトからも離れているし、付近のコテージには誰もいない。

だけど、恥ずかしいものは恥ずかしい。バスルームでは押し殺した声さえもかなり大きく反響してしまうからだ。

「その声、エロいな」

耳元で囁《ささや》く梅田の声の方が、絶対にエロい。そう反論したいのに、私の口から零《こぼ》れ出るのは、甘い吐息と喘《あえ》ぎ声だけだ。

「もっと感じろよ……気持ちよくなって」

梅田は手に泡をたっぷり取り、私の秘所に指を這《は》わせた。クチャクチャと音がするのは、ソープのせいか、それとも……

「茜のここ、すっごく濡《ぬ》れてるよ」

「ヤダ……ぁん……やぁ」

ふと緑山医師の言葉が脳裏《のうり》をよぎった。

彼女は、梅田はMっ気があるのかと疑っていた。だけど、私は緑山医師に言いたい。梅田は絶対にS。生粋《きっすい》のS属性だ。

私が苛《いじ》められて恥ずかしがる様子を絶対に楽しんでいるに違いない。

悔《くや》しくてキュッと唇を噛《か》んだ途端に、顎《あご》を掴《つか》まれ、梅田の方を振り返らされた。

「フッ……ん……」

噛んじゃダメだ、と囁いたあと、彼は深く唇を重ねる。そのキスは蕩《とろ》けるほど気持ちよかった。鼻から抜ける私の声がいやらしくて、自分でもドキドキしてしまう。

口付けの間も、梅田の手は妖《あや》しい動きをしている。胸やお尻、蜜《みつ》が滴《したた》る部分に長い指が触れるたびに、私はビクビクと震えてしまう。しとどに濡《ぬ》れた秘所に指を入れられ、中を擦《す》られる。彼の指は、私が感じる場所を知っているかのように、的確に私を淫《みだ》らにさせていく。

「ほら、イッて？」

「あ、あっんん！」

梅田は右手で抜き差しをしながら、左手で蕾《つぼみ》を摘《つ》まむ。同時の快感で、私は呆気《あっけ》なく達してしまった。

彼は肩で息をする私を抱き上げ、バスタブの縁《へり》に座らせた。シャワーの温度を自分の手で確認すると、泡だらけな私の身体を流していく。

そのあとで梅田は手早くシャワーを浴び、一度バスルームから出て、バスタオルを二枚手にして戻ってきた。

「ほら、しっかり拭《ふ》かなくちゃ」

「ん……」

身体に力が入らない私は、座ったまま崩れ落ちないようにするのが精一杯だ。

手際よく私の身体を拭いた梅田は、私の身体をバスタオルで包み、抱き上げた。

「え？　ちょっと、梅田？」

「歩けないだろう？」

その通りだけど、何か釈然《しゃくぜん》としない。

（歩けなくさせたのは、誰よ！）

むくれる私の頬にチュッと音を立ててキスをし、彼はそのままベッドへ向かう。

視界には薪《まき》ストーブの赤い火が見える。薪がはぜる音が、シンと静まりかえる部屋に響いた。

ベッドに着いてすぐ仰向《あおむ》けに寝かされ、深くキスをされた。梅田の舌は私の口内に入り込み、私の舌を探すように蠢《うごめ》く。

「はぁっ、ん……っ」

やがて、彼の舌に捕らわれてしまった。絡《から》みつく舌は、クチュクチュと唾液《だえき》の音を立て、激しさが増していく。

どれぐらいキスをしていただろうか。

唇がやっと離され、目をゆっくりと開ける。すると、目の前に、優しげな梅田の笑顔があった。

「梅田？」

どうしたの、と梅田の頬に手を伸ばしたら、彼はその手を愛《いと》おしそうに握ってくれた。

伝わる熱は梅田の優しさもまじって、私の心を解《ほぐ》していく。

せめて今は、素直になりたい。いつもは可愛げがなくても、こうして抱き締め合っているときぐらいは、まっすぐに梅田を見つめたい。

私は梅田の笑顔に答えるように、唇に笑みを浮かべた。彼はほほ笑んだままそっと口を開く。

「茜のことが好きだ。どんなお前でも愛する自信があるぞ」

「うめ……だ？」

私を見下ろす梅田の瞳は、私の心を見透《みす》かしているようだ。

「何を悩んでいるんだ？　お前は」

「え？」

どうやら梅田は私の悩みに気がついていたらしい。ばつが悪くて、そっぽを向こうとしたけれど、両手で頬を包み込まれて止められた。

「俺が、お前の異変に気がついていないとでも思ったのか？」

「……だって」

「バカだな」

「バカじゃないし！」

不機嫌に眉を顰《ひそ》めると、梅田は艶《つや》っぽく笑った。

「バカでも、お前は可愛いよ」

冗談だと思って言い返そうとしたが、梅田の目は真剣だ。

「本当に可愛いヤツだ、茜は」

「梅田……？」

梅田は目を細めると、私の頭をゆっくりと撫《な》でた。優しい手つきに、うっとりしてしまう。

「意地っ張りなくせに、目が物語っているもんな」

「え？」

「俺が好きだって」

その通りだけど、そんなことを言われて、「はい、そうですよ」なんて言えるはずがない。

梅田に拘束《こうそく》されている今、顔を隠すことができないのが悔《くや》しい。

しかし、ふと我に返った。今日の、この旅行の目的は、恋人らしく甘えるためだったはず。

素直になって、可愛い女だと梅田に思わせたかったからだ。

「……笑わない？」

「もちろん」

深く頷《うなず》く梅田に安心し、緑山医師に言われた内容や、素直じゃない自分に嫌気がさしていたこと、この旅行のいきさつについて、洗いざらい全部話した。

静かに聞いていた梅田だったが、フッと唇が緩《ゆる》んだ。笑わないと言っていたくせに笑うとは、どういう了見か。

抗議しようとしたが、彼の呟《つぶや》きに一瞬言葉を失った。

「お前が男に対して甘えられないことは、お見通しだ」

「……っ」

「俺は、お前が考えている以上にお前のことを知っているつもりだけど？　いろんな愚痴《ぐち》に付き合ってやっていたのは誰だったのか。忘れたとは言わせない。なめんなよ」

優しくおでこを指で弾《はじ》かれた。

梅田の言う通りだ。社会人になってからの私のことは、たぶん彼が一番知っている。

「それに茜の扱いは、この九年で会得《えとく》した」

「扱いって……」

むくれる私を梅田は抱き締めた。

「お前はそのままでいいんだよ。俺はお前の気持ち、わかっているから」

耳元で囁《ささや》く声は、くすぐったくて、だけどゾクゾクするほど色っぽい。

「梅田……」

視界がぼやけて滲《にじ》んだ。ゆっくりと目を閉じると、頬に涙がこぼれ落ちる。

同時に、悲しい気持ちが一気に解放されて、それがすべて涙に変わっていく。

心が軽くなって、梅田をギュッと抱きしめた。

「好き……梅田が大好き」

梅田はそれでいいんだよ、と囁き、私の涙が止まるまで、ずっと頭を撫《な》でてくれた。

やっと素直になれたことで、一気に悩みが消えていく。

(時々は、こうして好きだって気持ちを伝えなくちゃね)

態度で伝わっていたとしても、言葉でも聞きたいというのが普通だと思う。

少しずつ梅田に気持ちを伝えていきたい。その手始めとして――

ふと気がつけば、辺りは薄暗くなっていた。だけど、ほのかに光を感じたのは薪《まき》ストーブがあるからだけじゃない。窓の外の雪明かりで、ほんのりと明るいようだ。

「あ……雪がまた降ってきた」

「本当だ」

窓に視線を向けた梅田に、私は小声で呟《つぶや》いた。

「晃……もっと抱き締めて？」

手始めにと誓ったのは、彼に素直に甘えることだ。恥ずかしくても、これだけは絶対にしようと決めた。

だが、一瞬梅田の身体がビクッと強張《こわば》った。

「晃、どうしたの」

慌てて梅田を見つめると、彼は耳まで真っ赤になっている。

（え？　どういうこと？）

唖然としている私を恨《うら》めしそうに見て、梅田は切羽《せっぱ》詰まったような表情を浮かべた。

「茜。お前、それは反則技だぞ」

「は、反則？」

なんで、と不思議がると彼は唸《うな》りながら呟く。

「ツンデレって茜みたいなヤツのことを言うんだろうな」

「ツンデレ……」

ツンデレって、日頃はツンツンして敵対的だけど、何かの拍子《ひょうし》に好意的な態度に変わるという、あれのことか。

ポカンと口を開いたままの私に、梅田は大きく息をついて言った。

「ああ、まさしく凶器だ。やられた」

大げさな、とケラケラ笑っていると、何やら太ももの辺りに、熱く硬いものが当たっているのに気がついた。ハッとして梅田を見れば、彼はニヤリと意味深な笑みを浮かべる。

「バスルームで抱いてしまおうかと思ったけど――グッと我慢した俺を褒《ほ》めてほしいよ」

「ほ、褒めるって……」

苦笑すると、梅田は私の胸に再び触れた。形が変わるほど揉《も》まれ、頂《いただき》を舌で転がされる。そのたびに甘い痺《しび》れが身体中に広がっていき、そこから溶けてしまうんじゃないかと思うほどだ。

「つやぁ……ん……はぁ」

快感を逃がすために足を突っぱね、シーツを蹴《け》る。乱れるベッドは、私がひどく感じていることを物語っているようで恥ずかしい。

「ツンデレな茜さん」

「誰が、ツンデレよ！」

私は梅田を睨《にら》みつけた。しかし、彼は気にも留めず、私の耳に舌を這《は》わせた。

「今がデレのときだぞ？　普段は甘えることができないなら、今、甘えておけよ」

「え？　キャッ……あぁっん」

足を大きく広げられ、梅田が花芽《かが》に吸いついた。突然与えられた淫《みだ》らな刺激に、声を上げてしまう。

快感が強すぎて足を閉じようとしたが、彼が入り込んでいて無理だ。

ギュッとシーツを握り締め呼吸を荒くする私に、梅田は顔を上げ、見せつけるみたいに唇を舐《な》めた。

「茜の蜜《みつ》は甘いな。果汁が滴《したた》る桃を食っているみたいだ」

羞恥《しゅうち》のあまり言葉をなくす私を見て、梅田は妖《あや》しくほほ笑んだ。

私がその笑みを直視できず、そっと視線を外している間に、梅田は鞄《かばん》からゴムを取り出し、それを硬くなった熱い塊《かたまり》に手早くつけた。

「俺にだけ、甘い茜を見せて」

その言葉に、ズンと腰の奥が疼《うず》く。蜜口が早く入ってきてほしいと懇願《こんがん》するかのように熱くなる。

そして、私も――

「きて……晃。私をいっぱい愛して」

何も考えられないくらい、もっと梅田を感じたい。

私は、ギュッと彼の首に腕を巻きつけた。

それが合図だった。グチュグチュという音を立てながら、梅田が私の内側に入り込んでくる。

「あああんっ」

身体の奥がキュンと疼き、私の中に入ってきた彼自身を締めつけた。

「やばい。凄く……いい」

吐息まじりの梅田の声は、かなりセクシーだ。

その声を聞いただけで、子宮がヒクヒクと収縮した。

腰を回して私の中を味わっていた梅田だったが、やがて、抜ける一歩手前まで腰を引くと、熱い塊で一気に最奥を突いた。

「あぁぁぁんん！」

一瞬、目の前がパチパチと白くなり、意識を手放してしまいそうだった。

淫《みだ》らな水音、薪《まき》ストーブの薪が爆《は》ぜる音、梅田の息づかい、私の乱れた呼吸。それらが静かなログハウスに響く。

彼の額に浮かぶ汗を指で拭《ぬぐ》うと、切なそうに眉根を寄せ、唇の端を持ち上げた。

その表情に、胸がキュンと切なくなる。私が恥ずかしくなって目を伏せた途端、梅田がますます苦しげに呼吸を乱した。

「晃……どうしたの？」

「煽《あお》るなよ。今、茜の中、凄く締めつけた」

別に煽ってないし、と口答えしたが、梅田は私の答えなど待たずに律動《りつどう》を再開した。

私たちが動くたびにクチュクチュと淫らな音が聞こえる。

身体と身体がぶつかり、お互いが貪欲《どんよく》に相手を欲する。

気持ちよすぎて、意識を失いそうだ。甘く激しい刺激に、私の身体は支配されていた。

「茜の中、凄く気持ちいい……だから、今度は俺が気持ちよくしてやる」

今の状態でも、もの凄く気持ちいいよ。そう呟《つぶや》きたかったのに、声にならない。

私をギュッと抱き締めたあと、梅田は一度、自身を私の体内から抜いた。

すっぽり収まっていた熱い塊《かたまり》がなくなり、私の身体は寂《さび》しがるように疼《うず》く。

あまりの心許《こころもと》なさに、思わず太ももを擦《す》り合わせてしまった。

そんな私を見て、梅田は嬉しそうにほほ笑んだあと、ベッドに横になり、その上に私を導いた。

最初は躊躇《ちゅうちょ》していた私だったが、欲求には勝てなかった。

だってもっと気持ちよくなりたい。もっと、梅田と感じ合いたい。もっと……梅田とひとつになりたい。

ゆっくりと梅田の上に乗り、天井を向いていきり立っている塊を、私の身体に埋《うず》めた。

「つああ……んんんっ」

奥まで入り込み、強い刺激で腰が震えた。

無意識に、ゆるゆると腰が動いてしまう。

しかし、上手く動くことができず、なかなか決定的な刺激を得られない。

もどかしさに眉を顰《ひそ》めると、下にいる梅田がフッと優しく笑って動き出した。

「きゃっあ……んふっ……くぅん！」

下から突き上げられ、胸と髪の毛が揺れる。

梅田が私の胸に手を伸ばし、キュッと頂《いただき》を摘《つ》まむ。私はビクビクッと反応して身体を反《そ》らした。

いきり立つ塊が私のナカを掻《か》き回すたびに蜜《みつ》が溢《あふ》れ出てくるのが、自分でもわかった。

「つふ……んん……あああぁっ！」

胸への愛撫《あいぶ》と、下からの刺激で、身体が痺《しび》れて何がなんだかわからなくなる。

もう限界、そう思った瞬間、梅田はより深く私のナカを刺激した。

「やぁ、ダメ。くる……あああっ」

「っ！」

ぐったりと梅田の胸に倒れかかると同時に、彼がゴム越しに熱を放出させたのを感じた。

けだるい身体を寄せ合って、雪が降り続ける外を眺めた。

今、私は梅田の腕の中で思いっきり甘えている。昨日までの私なら、この状況に恥ずかしさを覚え、照れ隠しでもしていただろう。

でも、彼には何もかもお見通しなのだから、どんな私でも大丈夫な気がした。

もっと甘えたいし、もっと甘えてもらいたい。そんな感情が湧いてくる。

やっぱり、梅田と遠出してみてよかった。

涼花には、あとでお礼を言おう。宿の予約ももちろんだけど、涼花が背中を押してくれなかったら、まだ今もウダウダと悩んでいたはずだから。

「あ……そういえば、涼花から荷物が届いているとか言っていたよね？」

「ああ、オーナーさんが何か言っていたよな。……あれかな？」

梅田はベッドから下り、玄関近くにあった小さな箱を持って来た。

私も身体を起こし、その箱を梅田から受け取ると、ゆっくり包みを開けた。だが――

「な、な、何よ、これは！」

中身を確認した次の瞬間、私は入っていた物体から視線を逸《そ》らし、同封されていた封筒を急いで開いた。

『茜へ、これは、自分をさらけ出すためのアイテムよ。熱い夜を。涼花より』


私あての手紙を横から覗き見していた梅田は、箱の中身を取り出す。

「あ、あ、晃！　そんなものは早くしまって。涼花の悪ふざけだし」

「なんで？」

「な、な、なんでって……」

彼が手にしている物体は可愛らしいピンク色で、手のひらに収まってしまうサイズ。しかし、私はこれがなかなかにくせ者だと知っている。

梅田がスイッチを入れた途端、ブルブルと震え、機械音が聞こえた。

「そ、それって……いわゆる、そのぉ……オトナのオモチャってやつだよね？」

「ん？　茜は初めて？」

コクコクと何度も頷《うなず》くと、梅田はニヤリと嬉しそうに笑う。

私は恐る恐る、ブーン、と音を立てて動き続けるソレ——ローターを指さした。

「ねぇ、それ止めてよ。で、早く捨てよう」

入っていた箱を梅田の前に置いたが、そこにしまってくれる様子はない。

それどころか、彼はソレを私に近付けてきた。

「これ使って、可愛くよがる茜が見たい」

「いや、待って。梅田、考え直そうか」

「あ、また名字に変わったな？　お仕置きとして、やっぱりお前を可愛がる」

「ダメだって。早くしまってほしいな？」

猫なで声で可愛くお願いをして、最大級の努力を見せてみた。だが、梅田は目を輝かせて私ににじり寄ってくる。

「あ、今の声、めちゃくちゃ可愛いから、もっと可愛くしたい」

「ちょ、ちょっと！」

「もう一度、茜を可愛がりたい！」

どうやら私の作戦は失敗してしまったらしい。私は、再びベッドに押し倒された。

ブーンという機械音とともに揺れるピンク色のローターが、ぷっくりと赤く熟《う》れた胸の頂《いただき》に当てられる。

「やぁ……な、に……これっ！」

「何って、ローターだけど？」

「わ、わかっているけど、そうじゃなくて……っやあぁん」

手や口で与えられる刺激とは、またひと味違った快感が押し寄せてくる。

「気に入った？」

悶《もだ》える私を見て、梅田の口角が意地悪く上がる。文句を言いたいところだけど、快感が強すぎて、きちんと言葉にならない。

「ダメ、これ……おかしくなっちゃう」

「おかしくなっても大丈夫。俺しか見ていないし」

それが大問題なのだと、目の前の男はいつ気がついてくれるだろうか。いや、一生気がつかないかもしれない。

「つはぁ……ンんん！」

胸の頂《いただき》だけかと思いきや、今度は茂《しげ》みの辺りにローターが移動してきた。

先程の情事でこれでもかと刺激を与えられ、敏感《びんかん》になっている花芽《かが》も、それで愛撫《あいぶ》されたら堪《たま》らない。そう思って腰を引こうとするのに、梅田は一層強くローターを押し当ててくる。

「きゃぁあんんっ。はぁあんんん」

あまりの刺激の強さに、私はすぐさま彼の手を掴《つか》んだ。

「ダメ、だってばぁ！　これ以上やったらっ……おかしくなっちゃう……」

「おかしくなってもいいよ？」

「ダメ！」

にっこりと意味深に笑う梅田を見て、私は首を横に振った。

「ダメ？　どうして？　気持ちよくないか？」

「……」

確かに気持ちいい。だけど、私は――

「これが、いい」

私はギュッと梅田の手を握り、節くれ立った男らしい手を擦《す》った。

「私、梅田の手がいい……これが一番、スキ」

「っ！」

言葉をなくしている梅田を見て、自分が今、とても恥ずかしい台詞《せりふ》を口走ったことを自覚する。

だが、気がついたときには遅かった。

彼は箍《たが》が外れたように、ローターを放り、覆《おお》い被《かぶ》さってきたのだ。

その後、何度ももうやめてと懇願《こんがん》したけど、夕食の時間になるまで梅田の愛撫は続いたのだった――

＊　＊　＊

次の日の午後。ログハウスで一泊した私たちは、帰途についていた。

楽しい時間というのは、あっという間に過ぎてしまうものらしい。あと三十分もすれば私の家が見えるはずだ。

明日から仕事だなぁとブルーな気持ちになっていると、私のスマホが着信を知らせた。着信相手は涼花だ。あのとんでもない荷物について、一言言ってやらないと気が済まない。私は通話ボタンを押すと、勢いよく話し始める。

「ちょっと、涼花。あの小包はなによ！」

『ふふ、使ってみた？』

「……使うわけないでしょ」

『あ！　今、ちょっと間があったよね？　ふふーん、使ったんだ。へぇー』

「使ってない！」

『ムキになるところが、ますます怪しい』

フフフと不気味な笑いをする涼花に、もう反論するのも疲れてしまった。

彼女には今回のことで色々協力してもらったから、お礼を言おうと思っていたけれど、前言撤《てっ》回《かい》だ。

『でも、その様子なら、悩みは解消されたみたいだね』

「……おかげさまで」

小さく呟《つぶや》くと、涼花は『相変わらず素直じゃないんだねえ』と楽しげな笑い声を上げた。

『結果オーライってことで。オモチャはあげるから使ってね』

「涼花！」

怒鳴る私など気にもせず、『じゃあね』と彼女は電話を切ってしまった。

いつまでも電話を睨《にら》みつける私に、梅田が爽《さわ》やかに笑う。

「南は、本当に侮《あなど》れないヤツだよな」

「全くよ！」

「でも、茜の一番の理解者でもあるよな？」

「え？」

驚く私に、梅田は笑いつつ言葉を続けた。

「今回のログハウスだって、茜の趣味ど真ん中だったろ？」

「……確かに」

男勝《おとこまさ》りで荒っぽい性格の私だが、実は可愛いもの好きだ。それを知っている人間は少ない。私の趣味を熟知している涼花だからこそのチョイスだろう。

素直に頷《うなず》く私に、梅田は妖《あや》しげな笑みを浮かべ、口元を緩《ゆる》ませた。

危険を察知した私は車を飛び出したい衝動に駆られたが、残念ながら走行中だ。逃げることはできない。

「南からのせっかくの厚意だ。また、アレ使う？」

梅田は前を向いたまま後部座席を指さした。そこには私たちの鞄《かばん》と、小さな箱がある。

もちろん梅田が言っている『アレ』とは、あの箱に入っている、ピンク色の物体のことだ。

「ばっかじゃないの⁉」

カーッと熱くなった顔をごまかすように、外の景色へ視線を投げた。

私が恥ずかしがることは予測済みのようで、梅田は余裕綽々《よゆうしゃくしゃく》だ。

悔《くや》しくて俯《うつむ》く私に、梅田は艶《つや》っぽい声で言った。

「そう言うなよ。このあと、俺の家に寄って、使いたいんだけどな」

「……」

この男。絶対に私を弄《いじ》って楽しんでいる。属性は絶対にS。間違いない。

(ってことは、私はM属性ってこと？)

いやそれは違う。

断じて、弄られて喜びなどしていない。そこでふと気がついて、ポンと手を打った。

「そうか。それなら私がSになればいいんだ」

「は？」

なんのことだかわかっていない梅田は、運転をしながら不思議そうに首を傾《かし》げた。

私の行動や心の内を把握《はあく》していると言うこの男を、絶対に困らせてやる。

メラメラと闘志を燃やす私は、胸を張って宣言した。

「じゃあ、晃に使ってあげるよ。アレで私が晃を可愛がってあげよう」

「っ！」

黙り込む梅田に、私は「やった！」と心の中でほくそ笑んだのだった。

http://www.eternitybooks.com/
エタニティブックスは大人の女性のための
恋愛小説レーベルです。
Webサイトでは、新刊情報や、
ここでしか読めない書籍の番外編小説も！
～大人のための恋愛小説レーベル～
エタニティブックス
ETERNITY
エタニティブックス
ETERNITY
Rouge
いますぐアクセス！
エタニティブックス
検索
http://www.eternity-books.com/
Web漫画も好評連載中!
単行本・文庫本・漫画
好評発売中!
エタニティブックスの
人気小説が続々コミック化!
随時大好評連載中!

父親の会社を乗っ取られ、家も職も失った莉奈。
一家を助けるためにキャバクラで働こうと
考えていた彼女に声をかけてきたのは、
彼女から全てを奪った張本人、
そして初恋の人でもある高史だった。
彼は行き場のない莉奈に
非情な提案を持ちかけてきて……

B6判　定価：640円+税　ISBN 978-4-434-20187-5

龍華幻国《りゅうかげんこく》一の娼館の娘・白蓮《びゃくれん》は、男女の性感を高める特殊な術の使い手。その腕を買われ、皇帝・蒼龍の性的不能を治すため、彼や妃たちに術を施すことになる。だが、なぜか蒼龍は妃たちを差し置いて、白蓮の身体を求めるようになり——？
初心《うぶ》な娼館の娘と若き皇帝が織りなす異色の中華風ラブファンタジー！

定価：本体1200円＋税　　Illustration：大橋キッカ

橘柚葉（たちばなゆずは）
「甘酸っぱい恋愛＆ハッピーエンド」をキーワードに、webサイトで恋愛小説を公開。2013年「甘く危険な交換条件」で出版デビューに至る。

イラスト：おんつ

本書は、「ムーンライトノベルズ」（http://mnlt.syosetu.com/）に掲載されていたものを、改稿・加筆のうえ書籍化したものです。

恋活《こいかつ》！

橘柚葉（たちばなゆずは）

2015年2月28日初版発行

編集－反田理美・羽藤瞳
編集長－塙綾子
発行者－梶本雄介
発行所－株式会社アルファポリス
〒150-6005 東京都渋谷区恵比寿4-20-3 恵比寿ｶﾞｰﾃﾞﾝﾌﾟﾚｲｽﾀﾜｰ5F
TEL 03-6277-1601（営業） 03-6277-1602（編集）
URL http://www.alphapolis.co.jp/
発売元－株式会社星雲社
〒112-0012東京都文京区大塚3-21-10
TEL 03-3947-1021
装丁イラスト－おんつ
装丁デザイン－ansyyqdesign
印刷－中央精版印刷株式会社

価格はカバーに表示されてあります。
落丁乱丁の場合はアルファポリスまでご連絡ください。
送料は小社負担でお取り替えします。

ISBN978-4-434-20326-8 C0093